レストラン・タブリエの幸せマリアージュ

シャルドネと涙のオマールエビ

著　浜野稚子

マイナビ出版

Wellcom to restaurant tablier

Contents

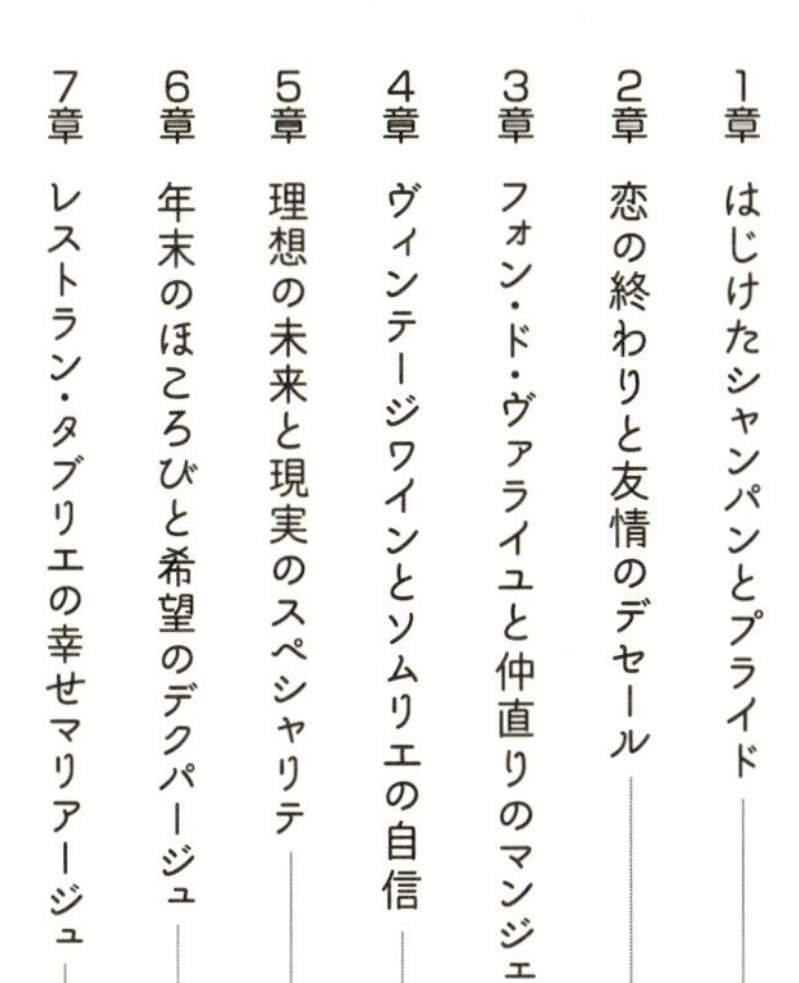

1章　はじけたシャンパンとプライド

「なんで断るねんっ、ドアホがっ」
　シェフの岩崎の怒鳴り声と同時に汚れたダスターが飛んできて、頼子は顔面でまともに受けてしまった。漂白剤のツンとした刺激と魚の生臭いにおい。タオル地の繊維が胸のソムリエバッジにひっかかり、ダスターは頼子の体に一旦ぶら下がってから、調理台の上に落ちた。
「鯛の料理をオマールエビにかえたったらええんやろうがっ。メニュー変更させられた分、料金上乗せして請求したらええ。フードコーディネーターだかなんだか知らんが、金がある奴からは取ったらええねん、受話器をよこせっ」
　電話の子機を取り上げると、コックコート姿の岩崎は大きな体をわざとらしく頼子にぶつけて厨房からレストランホールへ出ていく。四十過ぎた大人だというのに、岩崎の態度に溜め息が出る。勢いよく開けられたスイングドアが戻ってくるのを、頼子は重い気持ちで見つめていた。

「ここ、鯛の骨……ついています」

料理人の美奈が、遠慮がちに頼子の右の頬を指した。頼子は手の甲で頬をこすって、鯛の骨をとってゴミ箱に放り入れた。

「ありがと」

「いえ」

困ったようにはにかむ美奈の顔はノーメイクだ。頼子よりひとつ年下の二十八歳で、見た目はあまり気にしないらしい。短い髪を無理矢理ひとつにくくって、サイドにヘアピンを挿して、くくりきれない髪を留め、コック帽をかぶっている。

(結構かわいい顔しているのに、もったいない人やな)

顔だけではない。太っているわけではないのにコックコートのクルミボタンを押し上げる胸のボリュームはなかなか見事だ。白いエプロン、フランス語でいうタブリエを締めた腰のしまり具合も羨ましいほど女性らしいラインを描く。

頼子もスラックスの上にソムリエのユニフォームとして黒のタブリエを巻いているが、全体的に痩せているので腰のくびれは出ない。ショートカットで背が高いこともあって女性客に「宝塚の男役みたいやね」と言われてしまう。

『レストラン・タブリエ』は、神戸にある席数二十の小さなフレンチレストランだ。

新神戸駅と三宮駅のちょうど中間あたり、観光地とも繁華街とも離れた路地裏のビルの一階に入っている。古典フランス料理を意識した濃厚な味わいが評判で、店に点数をつけるようなウェブサイトでもまずまずの評価を得ていた。

　厨房の従業員は、オーナーシェフの岩崎と二番手の美奈、関西では「坊主」と呼ばれる見習いの調理師がひとり。ホールサービスにはソムリエの頼子のほかにアルバイトの女の子がふたりいるだけだ。

「おいっ頼コウ、出てこいっ」

　ホールで岩崎が叫んでいる。「頼コウ」の「コウ」はおそらく「ハチ公」の「公」と同じであり、岩崎が機嫌のよいときに使う頼子の呼び名だ。

（桃香のヤツ、またうまいこと言うてシェフを煽てたな）

　電話の向こうでケラケラとわざとらしく笑っているだろう桃香は、頼子が以前に勤めていたレストランの同僚だ。今では売れっ子フードコーディネーターとして雑誌やテレビで活躍する傍ら、自宅で料理とワインの教室を主宰している。

　そもそもは桃香のわがままな思いつきのせいで、頼子は岩崎に怒鳴られ、魚臭いダスターを投げつけられたのだ。頭に思い描く桃香の笑顔が華やかであるほど頼子の心は荒む。

　岩崎は会計カウンターの内側に折り畳み式の丸椅子を広げて座り、ニヤニヤとだらしない顔で電話していた。桃香は人と打ち解けるのが得意だ。煽てにのりやすい岩崎は、桃香にとっては楽な相手であることだろう。

　頼子がカウンターの前に姿を見せると、「おう、頼コウ」と岩崎が手を上げる。

「ソムリエールが来たから電話代わるわ。ん？　ああ、ええよ、オマールエビの前に鯛をスープ仕立てにして出す。ワインのことは頼子と直接話してな」

　愛想よく言うと、岩崎は受話器の口に当たる部分を手で覆って頼子に耳打ちする。

「予算が結構ありそうや、ええ客やな。料理の変更は予約台帳に書いといたで。鯛も食いたいって言いよるからスープに使う。で、魚料理がオマールエビな。ひとりあたりコースで一万四千円言うとけ。ワイン持ち込みたいって言いだしたら、持ち込み料は一本三千円を取れ」

　頼子は慌てて岩崎から受話器をもぎ取り、保留ボタンを押す。コースの金額が最初の設定より四千円もアップしている。ワインの持ち込み料だって通常は一本二千円だ。

「シェフ、まさか金額のこと、まだ桃香に伝えてないんですか」

「ええやろ、別にぼったくってるわけやない。だいたいオマールは原価が高い。素人ちゃうんやし、そんなことくらい分かっとるやろ。そこまでサービスするほどの付き合いでもない。そんくらい出す気でおるで、たぶん」

　いつもそうだ。客に嫌われたくない岩崎は、自分で言いたくないことを全部頼子に言わせる。今だって岩崎の口ぶりでは、桃香には鯛のスープがサービスでついてくると思われている可能性がある。

「ほんなら、あとはよろしく」と逃げる岩崎を、頼子は「待ってください」と呼び止めた。

「オマールエビ、今からそんなに手に入るんですか。パーティーは明日のランチタイムですよ。十五人分なんて……」

「お前、俺を誰やと思っとんねん。今からいろんなとこに電話かけて言うことときかす。エビの心配はするな」

自信たっぷりなその後ろ姿は、ますます頼子に不吉な予感をさせる。頼子は咳払いをひとつして、電話の保留を解いた。

「ごめんなさい、お待たせしました」

「ああ、頼子。なかなか出てけぇへんからなんかあったんかと思ってしもた。さっきは営業中の忙しい時間にごめんね。でも、シェフ、オマールエビいけるって言ってくれたわー、うれしいっ」

きゃぴきゃぴと跳ねるような高音が耳に飛び込んでくる。

桃香は四十分ほど前に、明日のランチタイムに貸し切りで行われるパーティー料理の変更を希望してきた。既に厨房では明日に向けて鯛の仕込みが始まっていたので、頼子は今からの変更は難しいと思うと答え、一旦電話を切った。

変更の理由が『昨日劇的に美味しいカリフォルニアのシャルドネに出会ってぇ、どうしても岩崎シェフの濃厚なソースのオマールエビ料理と合わせたくなったんやんかー』という、なんとも自分勝手な理由だったことも頼子の気分を悪くした。

シャルドネとは白ワイン用のブドウ品種だ。パーティーのワインについては頼子に任せるということだった。頼子は桃香の予算で収まるよう料理に合うワインを考え、メニューとそれに合わせたワインのリストを五日も前にメールで伝えてあった。桃香もそれを了承し、返信のメールを寄越してきていた。『楽しみ♡』とご丁寧にハートのマークまでつけて。

料理とワインのお品書きをパーティー参加者の人数分、十五部印刷して台紙をつけるという作業を頼子は昨日までに終わらせている。料理を変更するなら、それもまた作り替えなければならない。

「ワインの持ち込み料金は一本三千円いただきますが、よろしいですか」

言いにくいと感じていたことが事務的に口から滑り出た。桃香に敬語を使うのは仕事中だからという建前もあるが、嫌味な気持ちも含まれる。

「あ、そこ、やっぱりサービスはしてもらわれへんよね」

「あはは、そうですね。何本持ってこられる予定ですか」

感じが悪くなり過ぎないように少し笑って、でも甘えられないように、隙を与えないように気をつけながら頼子は言葉をつなぐ。

「カリフォルニアのシャルドネでしたね」

「……そう。それを二本」

「うちでご用意する予定だった白ワインはキャンセルしておきますね。ワインはいつお持ちになられますか」

「うーん、今日は行けへんから、明日……うちで冷やして持っていくわ」

「かしこまりました。リストを書き直しますのでワイン名をメールでご連絡ください。赤と泡は変更なく、こちらでご用意してよろしいですね」

頼子は受話器を顎と肩に挟んで予約台帳に書き込む。

料理の原価は抑えるのに限界がある。飲食業が効率よく儲けを得ようとすれば、原価率のよい飲み物をたくさん売ることだ。だからそれを持ち込まれるのは痛い。そこで持ち込み料というものが設けられる。

ワインに関していえば、抜栓する技術料もあるが、持ち込まれたものの温度管理や保存の状態、例えば瓶を立てたまま保存した方がいいものもあれば寝かして保存した方がいいものもあるから、そういうこともケアしなければならない。ものによってはグラスに注ぎ分ける前にデキャンタージュといって別の容器にうつしてからサービスするものもある。

グラスもワインの味わいに合わせて使い分けねばならない。どのグラスも高価なものでガラスが薄くて繊細だ。手洗いで曇りなく磨き上げるのにも技術がいる。細かく考えていけば、持ち込み料金三千円は高くないように思えてくる。

「メニューの最終確認ですが、お口初めにプチシュー、前菜は季節のサラダ……とパテ、カキのフリカッセ……。スープはキノコのスープ、カプチーノ仕立て……鯛を添えて、メインの魚はオマールエビポアレ……ソースはシャルドネに合うもので……」

あくまで自分の言葉ではなく、書いてある文字を読み上げている、という抑揚のない調子で、

「メインのお肉はカモ肉か牛ステーキをお選びいただけます。あと、デザート三種盛り合わせとチーズ、エスプレッソか紅茶、以上でおひとり一万四千円のコースになります」

金額まで一気に続けて言った。

「あ」と桃香が声を漏らしたのが聞こえた。

「結構金額がアップ、するんやね」

「前日の変更ですし、お料理の追加もございますので……。ご要望には精一杯応えさせていただいたつもりです」

店のホール責任者として、客の要望を受け入れるだけのサービスはしたくない。金額を下げるというのは一番簡単で無粋なサービスだと頼子は思う。フードコーディネーターとして自信に満ちた桃香に負けられない、頼子にもプライドがある。とはいえ、「会費を少し上げなあかんわ……」という桃香の独り言に腰に力が入らなくなるほど安堵した。ここで桃香にごねられて値切られたら、頼子は確実に岩崎に蹴られる。通話終了のボタンを押したとき、頼子は太く長い息を吐いてへなへなと床に膝をついてしまった。

「おう、どうや頼コウ、料金アップ、文句言われへんかったか」

岩崎がコンビニの唐揚げを頬張りながら帰ってきた。

「はい、なんとか」

唐揚げの香りに誘われて、頼子の腹がぐうと鳴った。ランチの片づけと掃除をしたら、ようやくまかないの時間だ。立ち上がろうとすると、頼子の目の前にこれまた暗号のような文字のメモ書きが差し出された。かろうじて、「エビ二匹ずつ」と読める。

「なんですか、これ」

「業者が今から四匹なら持っていけるて言うからな、エビ半身が一人前で……ニシが八、十五人前要るからあと四匹や。足りへん分は二軒の知り合いの店に二匹ずつ、譲ってもらうように連絡しといた。取りに行ってこい」

「掃除とか、ディナーの準備は……」

「帰ってからやれ。間に合うやろ。ディナーの予約遅いし平日やし、どうせ暇や」

頼子はいっそう体に力が入らなくなって、なかなか立ち上がれない。

「ディナーの営業もあんねんから、はようエビを取ってこんかいっ」

岩崎の声に弾かれる。

(ああ、私はなんでこんなとこに来てしもたんやろ)


頼子が岩崎と初めて会ったのは去年の春だった。それまでに頼子は『レストラン・タブリエ』で二度ほど食事したことがあったが、噂にはかねがね聞いていた「乱暴なシェフ」に直接会ったことはなかった。

その日、ホテルの宴会場で開かれていた大手飲料メーカー主催のワインセミナーに頼子は出席していた。フランスからワインの作り手が招かれて、その作り手のワインをテイスティングしながら行われる着席形式のセミナーだった。そこでたまたま隣に座っていたのが岩崎だ。

会場がきらびやかなホテルの宴会場だったので出席者はそれなりに服装に気を遣い、スーツ着用の人も多かった。頼子もグレーのパンツスーツを着ていた。その中で、岩崎が着ていたのは背中にドクロのマークがついた黒いスカジャン。隣には座りたくなかったが、時間ぎりぎりで会場に入った頼子は席を選んでいる余裕がなかった。

名刺を交換すると、岩崎は「君んとこの店、料理長とメートル・ド・テルがクビになったやろ」と、まだ公になっていないはずの内部事情を口にした。

当時頼子が勤めていた店は、テレビではお馴染みの有名シェフが手掛ける店のひとつだった。百人規模の結婚式の披露宴も受けられる大型店舗で、従業員数も多い。メートル・ド・テルとは給仕係の責任者のことで、つまり厨房とホールの責任者が売り上げの不振を理由に解雇されることになっていたのだ。

「どっかふたりが働けるところがないかオーナーに聞かれたんや」

頼子は相槌を打ちながらも、有名シェフである自分の店のオーナーがそんな相談を持ちかけるほど、岩崎の人脈が広いとは信じられなかった。

「まぁ、なかなかないわな、年くっとるし」

岩崎はテイスティング用に用意されていた赤ワインをグイッと一気に飲み干した。年くっとると岩崎は言うが、まだふたりとも四十代だ。

「結構ええ給料もろとったらしいやんか。家族もおるやろし、ほかへ移るにしてもそここそこ給料もらわなキツいやろな。そこらの街場じゃそんなオジンに高い金払える余裕がある店はないわ。ホテルなら現場引退して別の仕事もあるやろうけどな、ホテルもオジンより若い働き手の方がほしいやろ。あとは独立するか……にしてもメートル・ド・テルは難しいか」

それは頼子自身も不安に思っていることだ。雇われの身で街場のレストランで働いていても、大きな会社勤めの人のように年々給料が上がっていく見込みは薄い。

「ちなみに君は今いくつや？」

「給料なんぼもろとるんや？」

「高い給料払われへんから辞めてくれって言われるまで働くんか？」

岩崎に聞かれるままに答えているうちに、自分の未来へのぬぐえない不安がどんどん大きくなって、

「仕事は合うてないわけやないと思うんですけど……」

気がつけば頼子は岩崎に悩みを吐き出すような恰好になっていた。

岩崎から店に電話が入って『従業員がたくさんおる店で使い捨てられたくなかったらうちへ来い』と誘われたのは、それから二日後のことだ。給料を三万円上げてもらうのを条件に、三ヶ月後には前任のソムリエが退職するのと入れ違いに頼子は岩崎のもとで働き始めた。

三万円アップで提示された給料は税金を抜いた金額ではなかったので、頼子に入るお金は前の店とほとんど変わらなかった。それどころか労働時間は増えて月の休みは減り、条件は悪くなったといえる。ほぼひとりでホールの仕事をしなければならないので、掃除や

パンの買い出しなどの雑用から、客の苦情には矢面に立つなど責任も負う。岩崎に罵られたり理不尽な目にあわされたりする度に、頼子は詐欺にあったような気持ちになる。

自転車の前カゴにのせた蓋つきの発泡スチロールケースの中で、四匹のオマールエビが爪や足を引っかけたり滑らせたりしてキイキイと音を立てている。心臓がゾワゾワと擦れるような耳障りな音だ。いい加減オマールエビにも観念してほしい。逃げられないのは頼子も一緒なのだから。

オマールエビを分けてくれた店はどちらも過去に岩崎と一緒に働いたことがある料理人の店で、頼子が行くとすぐにオマールエビを渡してくれた。頼子の置かれている状況を容易に想像できたのだろう。「大変やね、頑張って」と励まされた。

赤信号にひっかかり自転車を止めると、頼子は大きなくしゃみをした。白シャツに黒のスラックス、その上にソムリエバッジのついた黒いベスト、黒のタブリエまで着けっぱなしで、上着も着ないで店を飛び出してきた。必死にペダルをこいで汗をかいてしまったので、じっとしていると上着なしでは寒い。暦の上では春だが、まだ二月だ。

オマールエビを入れたケースのガムテープが剝がれそうになっている。風にあおられれば蓋が飛んでしまう。頼子は自転車をレンガ舗装の歩道に乗り入れて止めた。中では相変わらずオマールエビが暴れている。ガムテープは粘着部分が濡れてしまったようで何度貼りつけても浮き上がってくる。

指先の冷たさ、汗でぬれたシャツが背中に張りつく冷たさ。気を抜いていたら鼻水が垂れてしまった。頼子は慌ててタブリエのポケットからワイン用のタオル、トーションを引き抜いて鼻を押さえる。ずずっと鼻をすするとそのまま涙が溢れてきた。

(私はいったいなにをしてるんやろう)

ただ漠然とソムリエになりたかった。大学を出て、飲食業勤務三年以上という資格試験の条件を満たしてワインアドバイザー試験を受けたのは三年前。一緒に試験を受けた桃香はふたつ年下で、調理師の専門学校を出ていて、調理師の資格も持っていた。今は食のスペシャリストとしての地位を築きながら、結婚もしている。

一方で、鬼のようなオーナーのもとでボロボロになりながら働いている自分。

(みっともない、比較なんかして)

そう思うのに、今の頼子は自分の価値を信じることができない。

突然のメニュー変更のわがままとか、そんなこと以前に、桃香が成功した自分の姿を見せつけるような食事会をわざわざ頼子のところで開くことが癪に障った。そして、そんな風に感じてしまう自分に嫌気がさす。

オマールエビがガサガサと発泡スチロールの内壁をこする。頼子は蓋の上から握った拳を振り下ろす。どんっどんっと続けて打つとオマールエビはしばらくその音に聞き入るように静かになったが、すぐにまたガサリと音を立てる。箱の上に両肘をついて顔を覆い、涙を止めようと息をこらえる。

「頼ちゃん」

耳より少し高いところから声をかけられ、頼子は体を強張らせた。

「どうした？」

この声は。

鼻と口をトーションで隠したまま頼子は眼だけを上へ向ける。伸びっぱなしの無精髭。しばらく床屋に行ってなさそうな髪はサイドで耳にかかっている。右の眉だけ少し上げて頼子の顔を覗き込む目元は優しい。須田酒店の次男坊、次郎だ。

配達の途中だっただろうに、次郎は「店まで送ったろ」と頼子の自転車を荷台に積んでくれた。配達用トラックは白い小型の二トントラックで、荷台の部分に「須田酒店」と黒字で書かれている。ふたりがけの助手席には、コンビニ弁当の食べかけや、伝票の挟んであるファイルやら配達ルートの書かれたバインダーやらが無造作におかれている。それらを寄せてもらってようやく頼子の座るスペースができた。

次郎は泣いていた頼子の肩に自分が着ていた黒いブルゾンをかけてくれていた。車の中は暖房が効いていて暖かいので、頼子はそれを取って自分の膝にのせた。飲料メーカーの宣伝が背中にデカデカとプリントされている。

「次郎さん、この上着気に入っとんの？」

「いや、別に。面倒やし、トラックにのせっぱなしやから。……なんで？」

「ここ、思いっきり破れてる」

頼子はブルゾンの脇の部分にできた穴に人指し指を入れてみせる。袖ぐりの縫い目がほつれていた。

「まったく気づいてへんかったわ」

「ちょうどええから別のんにしたら？　次郎さんにはちょっとサイズが大きいみたいやし。おっさんぽく見えるで」

「おっさんぽい？　ほんまか」

ガシガシとうなじを掻く次郎は、頼子より九つ年上の三十八歳だ。

須田酒店は四階建ての自社ビルの地下一階を丸ごとワインセラーにしている老舗の酒屋だ。ワインの在庫を常にたくさん持っていて、多くの飲食店と取引をしている。次郎とは、頼子が前の店で飲み物の仕入れを担当していたときからの付き合いだ。次郎は街場のレストランのサービスマンが集うワイン勉強会の世話をしてくれていて、その会場となっているワインバー「ミティック」に頼子を誘ってくれたのも次郎だ。

ウインカーを右に出して後ろを確認しながら、次郎はトラックを運転し始めた。ミッションのシフトレバー操作をする左腕は力仕事で鍛えられ、半袖Tシャツの袖から見える筋肉のしまり具合は美しい。

「次郎さん、もっと身なり気をつけたらきっとモテるのに」

「ほな、スーツ着て配達するか」

ガハハと次郎は笑う。その笑いにつられて思わず頼子もアハハと笑った。

坂を下るトラックの車体が、マンホールを踏んだのか軽く跳ねる。さっき自転車をこいで必死に上った坂だ。大きな通りを左に曲がり、東西へ流れる平らな道へ出る。『レストラン・タブリエ』が近づく。

「立ち直ったか？　泣きべそ」

「……うん」

トラックのミラーのひとつに自分の顔を映して涙の痕を確認する。店に戻ったらシャツの着替えと化粧直しだ。

次郎は頼子に泣いていた理由を聞かなかった。話してしまったら、仕事に戻れないくらいにぐちゃぐちゃになっていたかもしれない。

「ありがとう、次郎さん」

聞かないでいてくれて。

「ああ、ええよ。……このへんで降ろすか？」

自転車で三十分の距離は車だとあっという間だった。

「頼ちゃん、さぁ」

ハンドルを支えに頬杖をつき、次郎が口を開いた。

「あかんと思ったら逃げてもええと思うねん、俺は。でもな、ただ逃げるだけではもったいないから、転んだとしてもなんか摑んで逃げや」

「なにかを摑んで？」

「こんなに一生懸命やってるやん。そやのに、あとから考えて無駄だったとしか言えへん時間になったら空しいやろ。エラそうなこと言うようやけど、ほら、俺もたくさん失敗してきたから」

「フランスのワイナリーでの修行とか、離婚とか？」

「うわ〜、はっきり言うなぁ。でも、そうや、それや。どっちも戻りたいとは思わんけど、そっから得たもんはたくさんある」

その得たものがなんなのかを聞きたかったが、通りの車の流れが途切れたところで、次郎は運転席から勢いよく飛び降りた。助手席側にまわり、頼子とオマールエビを降ろしてくれる。

「次郎さん、今度店に食事に来てよ」

「え、俺ぇ？　汚いって怒られへん？　シェフに」

「うーん、販促品のジャンパーとかはやめて、もうちょっときれいな……でも、うちのシェフも汚いから、やっぱそんなに気にせんでええよ」

「頼ちゃんが泣かされて働いてるの見るんは嫌やなぁ」

「店では泣いてへんよ。シェフの料理は美味しいで、ムカつくけど」

「そうか。えらいやん、ひどい目におうてもシェフを恨んだりせぇへんねんな」

「いや、そんなことない。殺したいっていつも思ってるで」

ぶはっと次郎が吹き出した。

「殺したらあかんで。吐き出したかったらいつでも聞いたるし、溜めこむなや」

「大丈夫。あの人殺しても死んでくれそうにないわ。そやし、厨房に私よりもっともっと耐えとる子がおんねん」

頼子はふと、決して弱さを見せない美奈の顔を思いだした。美奈には愚痴を聞いてくれる友だちはいるのだろうか。美奈ならたぶん、つまらない嫉妬で頼子のように泣いたりしないだろう。

次郎に見送られながら頼子は自転車をこぎだした。オマールエビのケースの蓋が開いてしまわないように手で押さえながら。

あの店でなにか摑めるものがあるのだろうか。分からないけど、今はまだ投げ出すときではない気はする。

店に着くと正面玄関に鍵がかかっていたので、厨房に通じる裏口から店に入った。入るなり「遅い」と岩崎に文句を言われ、オマールエビのケースを乱暴に引っ張られた。

「早うホールの準備せい。間に合えへんかったら承知せぇへんぞ」

頼子は答えず、急いで鼻水と涙で汚れたトーションをクリーニング用の袋に放り込んで、自分の荷物が入った棚からクリーニング済みのシャツと化粧ポーチを引っ張り出した。トントンと脇を突かれて横を見ると、

「今日のまかないの焼き飯の残り、おにぎりにしてあります。よかったら」

調理台の隅に手を向けて、美奈が教えてくれた。

「あ、そうか、ごはん食べてなかった……ありがとう」

目が合った瞬間美奈が少し驚いたような顔をしたのは、頼子の顔に泣いた痕があったからだろう。

「はよせいっ美奈クソ」

岩崎に呼ばれた美奈は一度だけ頼子を振り返り、コンロの奥の作業テーブルまで走っていった。

美奈はオマールエビのダシを角型のステンレス容器に入れて冷蔵庫にしまい、調理台の上を丁寧にダスターで拭いた。仕込みの予定を書いたノートを開いて、やり忘れたことがないか一つひとつ確認しながらペンでチェックをつける。
残る仕事はゴミ出しだ。満タンになった黒いゴミ袋の口を縛る。今日のゴミはオマールエビの殻があるのでゴミ袋が破れやすい。美奈は新しい厚手のゴミ袋を開いて床に置き、青いプラスチックのゴミ箱から慎重にゴミ袋を引き上げた。
(あ、やっぱダメや)
ゴミ袋は案の定割かれ、ところどころにオマールエビの爪やら脚が飛び出し、青いゴミ箱のなかには赤茶色の濁った水が溜まっていた。美奈にはこれがオマールエビの血に思えてならない。エビには赤い血は流れていないけれど。

長い間エビには痛覚がないといわれてきたが、その説が覆されたのだという。生きたまま身をふたつに割られても痛みを感じずに死ぬなどと、どうしてこれまで信じられていたのだろうと美奈は思う。

捌かれるオマールエビはハサミを結束用の強力なゴムで止められているから動きは鈍いが、身を丸めないようにまな板の上に押し付けると命乞いするようにグンと体をしならせる。包丁をあてがうと触角が震えるような気がする。

鳴いたりしないから痛くない、ということは絶対ないはずだ。

（私だって痛いし）

「お前はほんまに泣かへんな。神経がず太い」と岩崎に言われる度に美奈は虫唾が走った。ここで働くまで、美奈は人に殴られたり蹴られたりしたことはなかった。だから初めて岩崎に蹴られたときは驚きすぎて声が出なかった。

美奈はそっと、ディナーの営業前に見た頼子の涙で滲んだ瞳を思い出す。

頼子は今、営業の終わったレストランホールでひとり明日の貸し切りのランチ営業の準備をしている。テーブルを動かす音やカトラリーをセットしているのだろう、カチャカチャという金属の触れ合う音がスイングドアの隙間から厨房にまで聞こえてくる。

頼子が『レストラン・タブリエ』に来て半年が経つが、それから店の雰囲気は明るくなった。オーダーを通すハツラツとした頼子の声で店全体に活気が出るのだ。

前任だった若い男のソムリエは、岩崎に殴られたくないがために、自分の失敗を平気で美奈やその下の見習い坊主に被せてくるような奴だった。そのソムリエが辞めたいと言い出したとき、岩崎は「ああ、ええよ。新しいの探してくる。お前いつまでの予定や」とあっさり承諾した。そのあとすぐの定休日に岩崎はワインセミナーに出かけ、次の日には「ええのが居った」と興奮して美奈に話した。その「ええの」が頼子だった。

岩崎はもちろん直感だけで頼子を選んだわけではない。市場や知り合いの店、業者、様々なつてをたどって頼子の人柄や評判を調べたという。

「あれに決まりや、すぐに呼ぶぞ。顔もまずまず愛嬌あるしな。背が高うて中性的やし、男ちゃうけどうちのおばはん客にも受けるはずや」

（女の子なのか）

美奈は気の毒に思った。すらりとした美しいカモシカが、涎を垂れ流したハイエナにロックオンされている映像が浮かんだ。

頼子は岩崎のお眼鏡にかなうだけあってよく働く。たった半年間だが、その間にリピートして来店した客についてできるだけ細かく顧客ノートに記録している。その日に客が食べたメニュー、好みのワイン、趣味、家族構成……客が頼子に話した情報の覚えている限りを全てノートに残す。サービスが丁寧で、前の店で知り合った客がわざわざ頼子を探して食事に来ることだってある。

そんな頼子なら岩崎も手を上げたりしないかと思ったが、岩崎に限ってそんなわけはなかった。頼子が岩崎の勧める料理の注文を取ってこなかったり口応えをしたりすると、岩崎は頼子の頭をダスターで叩く。そんなとき頼子は、目を逸らすことなくキッと岩崎を睨むように見ている。納得がいかなければ岩崎に食ってかかることだってある。そんな強さを持っている頼子を美奈は頼もしく感じていたし、好感を持っていた。

「なぁ、美奈ちゃん、まだ終わらへん？　なんか手伝おか。あれ、坊主は？」

スイングドアを押して隙間から頼子が顔をのぞかせた。頼子に「美奈ちゃん」と呼びかけられたのは初めてかもしれない。美奈は少しうれしかった。

「あ、ああ、あとゴミ出しだけです。坊主は長く働かせると次の日寝坊するんで、先にあがらせました。ホールの準備は、もう終わりですか？」

「うん、今メニュー作り直したから、今日の仕事はここまでにしようかと思って」

「大変でしたね」

「いや、大変なのは厨房やろ。ごめんなぁ、桃香のせいで」

「いえ、もうそれはシェフがああゆう性格やから、しょうがないですよ」

「えらいな、そうやって許せるんやなぁ。そうじゃないと、あんな人のもとで二年も続けられるわけないもんなぁ」

「えらいことないです。私、人とうまく関われへんから、あれくらい変な人としか働けないんですよ。……ただ、美味しいもん作れるようになるためって割り切って働いているだけですし」

「割り切って、か。ええなぁ、美奈ちゃんはシェフの料理を身につけられるんやもんね」

頼子が壁の時計に視線をやったので、美奈もつられてそちらを見た。もうすぐ日付が変わる。

「飲みに行って誰かと話したい気分やったけど今日は無理か……。もうあと数時間後にはここへ来てまた仕事やねぇ」

「頼子さん、家は遠いんですか？」

「マンションまで自転車で二十分くらい。駅ひとつ向こうやねん」

「そうなんですね。そっか……あの、もしよかったら、うちで飲みませんか？　私の家、すぐ近くなんです。私はお酒飲めませんけど……、その、よかったらそのまま泊まってもらってもええし……」

頼子はキョトンとしている。

美奈自身、自分が頼子を家へ誘っていたことに驚いていた。

「ご、ごめんなさい、変なこと言うて。あの、忘れてくださいっ」

「ううん、待って、たしかに驚いたけどちゃうねん。突然人を家に呼べるなんてすごいなぁってそっちに驚いただけやねん。いや、うちは散らかってるから、友だちを呼ぶときはめっちゃ大掃除すんねん」

両方の掌を「ちがう、ちがう」と振りながら、頼子が早口で言った。

「あ、ああ、そうなんですか。うちは、掃除が大変になるほどは物がなくて……。あ、ほんと、なにもないから……誘っといて、申し訳ないんですけど」

「ううん、ほなお言葉に甘えて、お邪魔させてもらおうかな。今から着替えて、コンビニ行ってお酒と下着買うてくるから待ってて。……あ、私に敬語は要らんからな」

◆◆◆◆

美奈のマンションは『レストラン・タブリエ』から五分もかからない場所らしい。店のある通りより、さらに入り組んだ細い道の小さなビルが並んでいるあたりで、カフェやバー、雑貨屋がいくつか並ぶ。

明かりの灯ったバーの看板の隣を通り過ぎる。コンビニの袋を持ち変えながら、頼子は隣を歩く美奈を見下ろす。踵の高さ三センチほどのショートブーツを履いた頼子とぺたんこの靴を履く美奈は、並ぶと身長差二十センチもある。

「おしゃれな店もあるもんやね、この辺は」

「そうですねぇ、私には入るのに勇気がいるお店も多くて」

美奈はシャッターの降りているカフェのメニュー表をのぞいて言った。

「早く仕事の終わった日とか、遊んで帰ったりせぇへんの？」

頼子は美奈の服装を見て、「せぇへんな」と自分で答えを出した。美奈はえへへと頭を搔いて「すみません」となぜか謝る。

美奈はコックコートのまま出勤しているのだという。今は寒いので、大型衣料品店の薄くて軽い黒のダウンコートを着ている。靴もコックシューズのままだ。店を出るときに、コック帽とタブリエだけを外してクリーニング業者の回収袋に入れているところを頼子は見ていた。

「めっちゃ貯金できそうな生活やなぁ、つまらんことないの？」

頼子は少し呆れてつい口が滑ってしまった。馬鹿にしたように聞こえてないかと美奈の顔色を窺ったが、美奈は気にした様子もなく、人差し指で自分の顎をトントンとつついている。

「あ、でも先週の休みは買い物しました」

「なに買ったん？」

「鍋です。銅鍋ですよ、銅！　一万三千円もしたんですよ」

美奈はやはり年ごろの女子として少しズレている。

敬語は使わなくてもいいと言ったら、それを意識しすぎて美奈の口調はおかしくなった。指摘すると美奈はどもって話せなくなる。頼子は「まぁ無理せんでええよ」とあきらめて、美奈の話しやすいように話してもらうことにした。

美奈の方は「『ちゃん付け』はなんか照れるんでやめてください」と言うので、頼子があっさり「ほな、美奈」と呼ぶと自分が要求したくせに面食らったような顔をしていた。

路地の突き当たり、古びた灰色の建物が美奈のマンションだった。各階二戸ずつの三階建てで、稲妻のような壁のシミが亀裂に見える。狭いコンクリートの階段を二階まで上がり、美奈がクリーム色の鉄の扉を引く。

「本当になにもなくてつまらないところですが」という言葉と同時に部屋の電気がつけられて、シンプルな美奈の部屋の全体が目に入った。

六畳にも満たない広さのワンルーム。突き当たりの壁は一面が窓のようで、茶色の生地にカラフルなドットのカーテンがかけられている。カーテンレールにコックコートがかかったハンガーが吊るしてあった。部屋にあるものは畳んだ布団がひと組と電気ストーブ、プラスチックの衣装ケースがふたつ、掃除機と小さな折りたたみ式テーブルの、必要最低限のものだけだ。

「うちエアコンがなくて、暖かくなるのにちょっと時間かかりますけど」

美奈が電気ストーブのつまみを捻ると、熱の通る部分がトースターみたいにオレンジ色に光った。ただ床がタイルカーペット貼りのせいか、思ったよりも寒くない。

美奈は衣装ケースの上にあった紺のスウェット上下を持って、洗面所に入っていった。

(別にここで着替えてもいいのに)

頼子はグレーのガウンコートを着たまま床に座って、コンビニで買ってきた缶ビールやチューハイ、おにぎり、菓子パン、デザート、つまみを狭いテーブルの上に広げた。美奈が酒を飲まないと言ったので、適当に選んできたジュースやお茶も並べる。

美奈をちょっと待ってみたものの待ち切れず、頼子は缶のタブを開けてビールを飲んだ。

仰向いた目の端にカーテンレールにかかったコックコートが見えて、その向こうにもうひとつ小さな丸型ハンガーがかかっていることに気がついた。頼子はビールを持ったまま立ち上がり、なんとなくコックコートの向こう側をうかがった。

「どうしたんですか？　頼子さん」

呼びかけられて頼子がゆっくり後ろを向くと、部屋に戻った美奈がスウェット姿で不思議そうに首をかしげている。長い時間くくっていた髪はほどいてもきつく癖がついて跳ね、童顔の美奈を余計に幼く見せた。

「美奈、彼氏がいるんやね」

「え？　ええっ？　い、いないですっ、いないですよっ」

「ほな、『いた』、のか」

火が出そうなほど真っ赤な美奈の顔が、「なんで分かったんですか」と肯定している。

「服とか無頓着のわりに、下着がかわいすぎるから」

丸型ハンガーには凝った刺繍が美しい上下セットのピンクのブラジャーとショーツ。頼子がそれをハンガーごと持ち上げて見せたら、美奈は畳んだままの布団に赤い顔を埋めて沈んだ。

接客サービスを続けていたせいで、頼子は人の持ち物や行動で人間関係を推理する癖がついていた。来店する客同士の関係を読み取り、サービスの仕方を変えることができる。

布団に伏したまま起き上がってこない美奈の頭の上で、頼子はぽんぽんと軽く掌を弾ませる。

「ごめん、ごめん。思いだしたくないことだったんや」

「いえ、もう、だいぶ前のことで……」

美奈は顔を布団にこすりつけるように首を横に振る。まだ耳が赤い。

まったく痛みを感じずに振り返られる恋愛などないだろう。頼子だって、数少ない恋愛経験を思いだせば情けなくなる。

「私もカッコ悪くて恥ずかしいことばっかやで。恋愛は、ほんま。でもなぁ、一瞬でも、愛されてるとか？　……はあれか。えーと、そうやな、幸せやなぁとか思ってたことあるやん？　別れた人たちに、抱き合った人肌のあたたかさとか、熱さとかを教えてもらっといてよかったなぁ、って私は思うわ。あ、人たちって言うても片手……いや、言い過ぎた、指二本で足りるけどな」

頼子はビールを一気に飲みほして缶をテーブルに置き、布団に張りついている美奈の隣に座って背中を布団にもたれさせた。

「あ、そうか」

頼子は自分の思いつきにはっとした。

途中で止めてしまった頼子の独り言の続きが気になるようで、美奈は反射的に顔を上げて頼子の横顔をじっと見てくる。

「今日な、オマールエビ取りに行ったときな、上着来てくの忘れとって寒くて、『私なんでこんなことしててんのやろ』って切なくなって道端で泣いてしもて。美奈は気づいてたんやな……、そやから今日誘ってくれたんやね」

美奈は無言で首を縦に振った。

「酒屋の次郎さんに見つかって、帰り送ってもらってん。次郎さんがな、辛かったら辞めてもええけど、なにか摑んで辞めないともったいないって。なにかって、なにやろって思っとったんや。今美奈に話してて、それって、その、終わった恋愛で覚えた人肌のあったかさみたいな、そういうことかなぁって……。だとすると、私、今『タブリエ』辞めてもそうやってなにか残るものとかないやろな……。ただの羨ましがりやし」

「羨ましがり？」

「シェフにダスターを投げられたり怒鳴られたことより、桃香に嫉妬してる自分が嫌やねん。別にフードコーディネーターになりたいわけやないし、桃香が努力しとることも分かってんねんけど、私、桃香の、無駄なくなりたい自分になってくとこが羨ましいみたいやねん。私はなにがしたいのかも自分で分かってへんのに」

美奈は頼子の方へ体を向け、膝を抱えて座り直した。

「美奈……私、明日、最高に不細工な顔して働くことになるんやろうと思うわ」

「そんな日もありますよ、人間なんやから」

「一応接客サービスのプロやのに」

「ほんなら、そういう日は不機嫌な顔をごまかす技術つけたらええんです。頼子さんがここへ働きに来る前に、シェフはめっちゃ頼子さんのこと調べてました。いろんな人に頼子さんのこと聞いて。それで評判がいいことを知って引き抜きに行ったんです。そやから、頼子さんはもっと自信を持っててええんです」

ぽろりと涙が頬を伝って、タイルカーペットの上に落ちた。「ごめん」と濡れたカーペットに触れると、今度は頼子の手の甲に滴が落ちる。美奈は黙ってボックスティッシュを渡してくれた。静かに、ただ隣に座っていてくれている美奈の息づかいに安心できる。地味で鈍感な人だと思って美奈を軽く見ていた。美奈は人に甘えずひとりでしっかり立っているのに、こんなに人に寄り添うのが上手なのだ。

「ありがと、美奈……ごめん」

美奈を手放した男が、今めちゃくちゃ後悔しているといいのに。頼子はこっそりとそんなことを考えた。

『レストラン・タブリエ』の客席は、窓際がソファ席になっている。通常はそこに二人がけのテーブルを七台、等間隔でおいている。

本日の貸し切りパーティーでは、主催者である桃香の指示通り、窓際に四名席と五名席、ドリンクカウンター寄りのフロアに六名席をひとつセットした。参加者は桃香と料理教室の生徒十一名。そのうち三名が配偶者を伴って参加ということで、この六名席が三組の夫婦の席になる。

　白いテーブルクロスの上には一人ひとりにカラフルな花のウェルカムプレートを置いた。グラスは水用のゴブレットをウェルカムプレートの十二時の位置に、その右に赤ワイングラス、白ワイングラス、シャンパングラスという順に並べてある。さらに前菜、スープ、魚料理、肉料理それぞれのカトラリーを全てセットした。


　予約時間は午前十一時半。十一時を過ぎてぽちぽち参加者が集まり始めた。女性客は二十代後半から五十代まで年齢層に幅がありそうだ。皆コートの下は春らしい色使いの華やかな装いで、ひとり、またひとりと来店するたび店の中が明るくなる。アルバイトのふたりにコートの預かりなど客の受け入れを任せ、頼子はドリンクの準備をすることにした。

　ワインクーラーに氷と水を入れてドリンクカウンター前のスタンドに置いて、シャンパンを二本挿しいれる。予算範囲内でないといけないし特別高級な品ではないが、老舗のシャンパンだ。よく冷やすとグレープフルーツのようなさわやかな酸味が際立ち、グラスに注いで温度が上がってくるとナッツのような香ばしさも感じられるようになる。パテのようなしっかりした前菜にもよく合うはずだ。

「グラス、きれいですね。あとこの収納も面白いですね」

　すぐ後ろから話しかけられて、頼子は振り返り会釈した。

　五十代くらいの小柄な男性だ。おそらく会社に出かけるのと同じスーツを着て、あまりたくさんない髪を整髪料できちんと整えている。その男性が見上げているのはドリンクカウンターの吊戸棚の下につけられたワイングラスハンガーで、ワイングラスの脚を引っかけて逆さに吊るすラックだ。

「この大きくて丸っこいのは風鈴みたいや」

頼子はその口径が広い大ぶりのグラスをラックから降ろしてカウンターに置いた。

「これはグラスの口が広いので、傾けるとワインの液面が広がって舌にゆっくり広く当ります。それにより、ワインのまろやかさが増すそうです」

グラスの脚を持って傾けて液面の広がるイメージをスーツの男性に見せる。

「ほう、ガラスが薄いんですねぇ。こんなグラスでいただくには、相当いい酒を選ばんとあかんのでしょうね。僕は普段こういうかしこまった店にはあまり来ないもんやから……今日は家内に連れてこられました。どうもご丁寧に、グラスを見せてくれてありがとう」

男性は少し大げさに感心して頼子に礼を言い、カウンターに一番近い六名テーブルの端の椅子を引いて座った。男性の向かいには五十代中ごろの少しふっくらとした女性が結婚式の招待客のような恰好をして座っていて、やや緊張した面持ちで隣の席の女性と話している。

ワインはそれぞれに合った形のグラスを合わせるとそのよさをいっそう引き出すことができる。グラスの口径は舌にある味覚の位置を考えて作られていて、グラスのもっとも膨らんだ部分が広いほどワインが空気に触れる量が増えて香りがよく開くようになっている。

上等なワインであればもちろん、それに合った最高のグラスで飲みたい。

ただ、安価なワインの場合も、高級感あふれる大きなグラスに注がれれば、雰囲気でそのワインの実力以上に美味しく感じることもある。だから客が一番手ごろなワインを選んでも、それが記念日であったりしたら頼子は少し大げさなグラスを選んだりすることもある。グラスひとつでより幸せな気持ちを味わってもらえるかもしれない。そんな風に考えてグラスを選ぶことで頼子もうれしくなる。

今日のテーブルに用意したグラスは、このラックにかかっているグラスよりも下のグレードのもので、通常の営業では使わず主にパーティーで使用するグラスだ。ワインの持ち込み料金を三千円もいただくのだから、もう少しいいものを用意しようかと迷ったが、パーティーではテーブルにたくさんのグラスを並べるので大きなものは扱いにくい。桃香が持ってくるワインがそれでは釣り合わないほど上等なものならグラスを差し替えようと頼子は思っていた。

エントランスの開き戸が開いて「いらっしゃいませ」とアルバイトの女の子の声が聞こえる。ドリンクカウンターのグラスハンガーにかかっていたグラスが小さな振動をとらえてカラカラと歌うような音を立てて揺れた。

「先生、こんにちは」

「こんにちは〜」

先に来ていた女性客たちが口々に声をかける。

「こんにちは～、皆さんもういらしてたんや。お早いですね～」

　エントランスとホールを仕切るパーテーションの向こうで桃香の声がする。

　頼子は昨夜の美奈の言葉を心の中で呪文のように繰り返す。

（ごまかす技術、ごまかす技術）

　よしっと気合を入れて、頼子は桃香を迎えるためにドリンクカウンターを離れた。

「いらっしゃいませ、こんにちは」

　笑顔を心がけ、会計カウンターの前でコートを脱いでいる桃香に声をかける。会うのは二年ぶりだが、頼子は桃香の最近の写真を雑誌で何度も見ていた。今日の桃香は光沢のある素材のピンクのワンピース姿。ふんわり女性らしいイメージの桃香によく似合っている。

「頼子～、久しぶり。今日はお世話になります。ごめんな、いろいろ無理言って。これ、持っていく言うてた白ワイン。よろしく」

「はい、かしこまりました。お預かりします」

　保冷バッグに入ったワインを受け取り、厨房へパーティーの主催者である桃香の到着を知らせに入る。

「どんなワインや」

　厨房の入り口付近で待ち構えていた岩崎が、頼子の持っている保冷バッグの口に手を入れてきた。厨房の調理台の上に突き出してあるアミューズの皿を準備し始めた美奈がチラチラとこちらをうかがっている。

なで肩で底の方がでっぷりとした深緑色のボトル二本を、岩崎が調理台の隅に置いた。桃香が言っていた通りカリフォルニアのシャルドネ。頼子はそのラベルに見覚えがあった。

「ええワインか？　高いんか？」

頼子は二週間ほど前に行った輸入業者の試飲会のワインリストと、それに添付されていた資料を倉庫から出してきて岩崎に渡す。

「なんやこれ、ふっつうのワインやんけ」

岩崎は価格千二百円のところだけ見て落胆する。

たしかに金額のわりに粘度が高めの濃いワインだと頼子も思った記憶がある。リストに書き込んだ自分のコメントを読むと「もう少し酸味がほしい」と書いていた。そのため頼子はこのワインを仕入れていなかった。

「それほど美味いんかい、これ。鯛じゃ物足りんほどか」

「桃香の旦那さんがここの輸入会社に勤めてるんですよ」

「はぁあ？　なんや、宣伝に持ってきたんかい」

「もちろん、本当にシェフの料理に合うと思ったんやとは思いますけど」

「アホくさ。料理に合う言うならもっと高いワインをもってこんかい。俺の料理がその程度って言うてるようなもんやで、しかも前日にオマールエビに変更してまで」

岩崎がカッ、とシンクに唾を吐いて手を洗う。

一緒に働いていた頃、仲が悪かったわけでもないのに頼子は桃香を避けていた。桃香に近寄るとなぜか心がざわついたのだ。あの頃はなぜそうなるのかを分かっていなかったが、今ならはっきりと分かる。桃香の行動の一つひとつが、頼子には計算ずくに思えて、苦手だったのだ。
「シェフ、ワインを開けてからソースを考えなおしますか」
店のワインならば料理に合わせて頼子がワインを選ぶのだが、持ち込みワインの場合、
岩崎はワインの味をみてからワインに合うようにソースを変更することがある。
「もう、ええわ、俺の料理をそんなデイリーなワインでええと思っとるような奴。合う合
わんは関係ない。ガッチガチの古典的なソースでいったる。ご希望の濃いソースでそのま
まいく。どうせ、なに出しても『やっぱめっちゃ合う』とか言いよるんやろ。今日は美奈
クソシェフにやってもらう」
すっかり戦意を喪失した様子の岩崎の向こうで美奈が困った顔をしている。頼子と目が
合うと肩をすくめた。
「お客様がお揃いです」
アルバイトの女の子が伝えに来た。頼子はオーダー伝票にチェックを入れ、
「アミューズをお願いします」
と突き出し準備のコールをし、レストランホールへ出た。
ホールでは桃香が自分の席、エントランスに一番近い五名テーブルのソファ席の前に
立って挨拶を始めていた。

「皆様に支えていただいてこのお料理教室もようやく一周年を迎えることができました。先日は雑誌の取材で九州の方へ食材を……」

眩しくて見ていられないような輝かしい桃香の近況発表をよそ目に、頼子はワインクーラーからシャンパンを取り出し、サーブするときに常に手元にかけてあるトーションで水気を拭きとる。タブリエからソムリエナイフを出してキャップシールをはがし、はがしたそれをナイフと一緒にポケットに戻した。

それから頼子は細く長く息を吐く。握力が弱い頼子はシャンパンの抜栓が苦手だ。なるべく平静を装って開けたいのだが、シャンパンの圧に負けないようにガスを逃すのはとても力が要って、鼻の穴は膨らむし額に筋は浮かぶし顔が真っ赤になってしまうのだ。コルクを押さえて針金を取って慎重に右手でボトルをまわす。すーっとガスの抜ける音がすれば安心だ。一本目は破裂音を出すことなく開けられた。

厨房から、料理を取りに来るようにという合図のベルが鳴った。頼子はアルバイトふたりに目配せして料理を運ぶように伝える。奥のテーブル席から順に、壁側の席のふたりの客にタイミングを合わせて同時に料理を出すようにとあらかじめ伝えてある。

二本目のシャンパンを開けようと、頼子がシャンパンの針金を外していると、立って挨拶を続けている桃香が突然頼子の名前を出した。

「ソムリエの頼子とは実は前の店で一緒に働いていて……」

頼子のことを持ち出して、桃香は要らぬ情報を口にしている。こちらを見ないでほしいのに、桃香の言葉に促されるようにしてパーティーの参加者がこちらを向いている。今からが一番見られたくないところだ。コルクを押さえる左手はシャンパンの圧力と戦っている。

「今日は頼子と私がお料理に合わせてワインを選びましたので、ぜひ、岩崎シェフのお料理とのマリアージュを堪能してお召し上がりください」

（はぁっ？　ちょっと、なに言いだすんや、あんた）

桃香の聞き捨てならないセリフに内心突っ込んでいたら、ふと集中力が途切れた。その一瞬で、

ボムッ、シュワッ……。

シャンパンのコルクが頼子の指をすり抜けて飛んだ。

コルクは「トンッ」と天井に当たって花が飾ってあるテーブルに落ちる。気持ちは焦っているのに、頼子はトクトクを泡を溢れさせているシャンパンの瓶を持ったまま、呆然としてしまう。

気づいたときにはカウンターの前の席のスーツ姿の男性がナフキンで頭を拭いていた。奥さんも立ち上がって、「どないしよ」とご主人のスーツの肩にナフキンを押し当てる。周りは「あらあら」「まぁまぁ」「大変」と頼子とスーツ姿の男性の夫婦の様子を窺っている。頼子は急いでシャンパンのボトルをカウンターに置いて、カウンターからありったけのおしぼりを持ってスーツ姿の男性のもとへ走った。

「申し訳ありません」と何度言ったか分からない。騒ぎに気づいた岩崎が出てきて「失礼いたしました」と一緒に謝る。

「ちょっと、困りますよ、こんな」

奥さんがきつい口調で頼子に詰め寄ろうとした。するとスーツ姿の男性は奥さんの肩を軽く叩いていなし、

「いやいや、そんなに濡れてないです。大丈夫ですよ。ほら、F1でしたっけ？　車のレースで優勝したみたいで、縁起がええですな。いっぺんやってみたかったんですわ」

と冗談を言ってくれた。周りからもクスクスと笑い声が漏れて緊張していた場の空気は和んだ。新しいおしぼりで拭こうとしても「もう結構ですよ」と笑って断られ、頼子は使っていないおしぼりを持ったままドリンクカウンターへ戻った。岩崎は頼子が開けたシャンパンのボトルを持ってスーツ姿の客のグラスにシャンパンを注ぎ始める。頼子ももう一本のボトルを持ち、岩崎に続いて窓際の席の客のシャンパンを注いでいく。

「なんだか、もう乾杯しなくてもいいような感じですけど……」

桃香はそんなことを言ってから、「乾杯」とシャンパンの泡が立ちのぼる細長いグラスを掲げた。

「申し訳ありませんでした」

前菜の料理を出し終わったとき、頼子は厨房で岩崎に頭を下げた。殴られる覚悟で頭を

差し出す。岩崎はあちこち焦げた鍋摑み用の布で頼子の後頭部を叩いた。俯いたままじっとしていると顔の前に五千円札が突き出され、頼子はびくびくしながら顔を上げる。

「洗濯代や。店の封筒に包んでさっきの客に渡せ。クリーニングに出して汚れが落ちんようならスーツ代払うから言うとけ」

「すみません、でも、これは、私が自分でお金出しますから……」

ふんっと岩崎が鼻を鳴らす。

「エラそうに言うな。うちの店でうちのソムリエが起こした粗相や。俺が払う」

頼子は目を伏せてもう一度詫びた。

「頼子、あのフードコーディネーターのねーちゃんに負けたって決めとるんはお前自身やぞ。そんなんやからなめられるんや」

ホールに客がいることを考えて岩崎の声は抑えめだ。

「お前が勝手にうちのソムリエの仕事をフードコーディネーターよりも劣る仕事やと位置づけとるんや。お前、それは俺にも美奈にも……坊主……は、入れんでええわ、とにかく最高の料理を出しとる俺らに失礼や、ええか、お前も最高のサービスせい」

フライパンで鯛に火を入れていた美奈は、自分の名前が出たところで岩崎と頼子に視線を動かし、またすぐにフライパンに向き直った。

「白ワイン開けてこい」

頼子は岩崎の声にホールへ追い返された。

鯛のポワレが添えられたカプチーノ仕立てのキノコのスープが出る前に、頼子は桃香が持ってきたワインを抜栓し、桃香にテイスティングしてもらう。

「これこれ、やっぱ、美味しい。ぜひシェフにも召し上がっていただいて」

桃香が微笑む。その満足そうな顔を見て頼子はいささか躊躇したが、

「あの……、先ほど私、大変みっともない失敗をしてしまったので、お詫び、というか、このワインのあとで私からも一本ワインをご用意させていただきたいんですが、よろしいですか？」

と申し出た。もしかすると、お気に入りのワインを持ってきた桃香にはあまり気持ちのよいことではないかもしれない。ところが桃香は思っていたよりあっけらかんと、頼子の願い出を聞き入れてくれた。

「サービスはうれしいから大歓迎やけど、なにを出してくれるの？」

「ムルソーを」

頼子は店に置いてある白ワインで三番目に高い、フランスのブルゴーニュ地方のワインの名をあげた。

「ムルソー！　また高いのんを、ほんまにええの？　あ、そうや、荒木さんのご主人は服乾いたんやろか」

あのスーツ姿の男性は荒木さんというらしい。荒木さんの方を見ると、運ばれてきたスープに添えられた鯛を口に運んで顔をほころばせているところだった。荒木さんに料理を運

んでいたのは美奈だった。頼子がワインの準備に手を取られて、アルバイトだけではまかないきれないときは、厨房から美奈が出てきて料理を運んでくれることがある。荒木さんはスープ皿の中を指さしていくつか美奈に質問しているようだ。美奈はぎこちなく微笑みながらそれに答えている。

よかった、楽しんでくれているようだ。頼子はほっと胸をなでおろした。

桃香のワインを客席に注ぎ回ったあと、頼子はそれをテイスティンググラスに注いで岩崎のところへ運ぶ。岩崎は桃香のワインをひと口含んで「けっ」と短いひと言を発した。

頼子は再びドリンクカウンター内に入るとオーダー伝票を取り、「Meursault　¥１２００」と書いた。テーブル番号のところには自分の名字を入れる。

ムルソーは、上質なワインを作り出すフランスのブルゴーニュ地方の中でも最高峰といわれる白ワインである。酸味とコクが豊かなブドウ品種シャルドネの味わいが傑出した、フランス三大白ワインのひとつで、畑も作り手もまちがいがないワインだ。オマールエビなどの甲殻類には高級なシャルドネといわれ、教科書通りのド直球の合わせだが、古典には古典だ。捻りなど今は要らない。これが岩崎のオマールエビのソースに合うのだから仕方がない。

頼子はオマールエビの料理を仕上げてもらうように厨房に声をかけ、スープを食べ終えているテーブルから皿を下げるようにアルバイトに指示した。

ランチタイムで、しかも女性が多い集まりなので、アルコールがすすまない客も多い。

最初から水しか飲んでいない人も三人いる。ウォーターポットを持って回ると、頼子の思惑通りムルソーの注ぎ分けを遠慮する人がいた。全員が飲むと言えば二本開けなければならなくなるのだから、頼子はひそかに息を漏らした。

荒木さんが「風鈴みたい」と言ったグラスを十個ラックから降ろし、自分のテイスティング用の小さなグラスと一緒にカウンターに並べる。

頼子はワインセラーからムルソーを取り出して丁寧にトーションにのせてドリンクカウンターへ運び、コルクを抜いた。コルクもワインも、状態はともに良好だ。

オマールエビの料理の皿が運ばれ始めた。頼子もムルソーを注ぎ分けたグラス八つを客席に配る。パーティー用のグラスに注いだ桃香のワインの隣に、脚の長い大ぶりなグラスに入れた頼子のムルソーを並べるのは気が引けた。

しかし桃香の方はそんなことをまったく気にとめる様子もない。同じテーブルの人たちに「このムルソーとオマールエビのお料理は教科書通りのマリアージュが楽しめますよ」と授業の一環のように話している姿に頼子はほっとしながらも、複雑な思いだった。

荒木さんのテーブルにもムルソーのグラスを置く。白いテーブルクロスの上にワインの金色の影が映る。

「ああ、これが、このグラスに合ったワインなんですね」

荒木さんは子どものように目を輝かせてくれた。慣れない手つきでグラスの脚を持って低いあぐら鼻をグラスの口に近づける。それからワイン通の人のようにグラスの脚を持ってグルグルまわしたり、香りにコメントしたりしないで、ワインを口に含む。舌の上で転がすようなこともせず素直にゴクリと飲み込む様子に頼子は好感を持った。

「うわぁ、うまいなぁ。これがワインなんや。いやぁ、作法が分からへんので申し訳ない、なんやうまいことは言われへんけど、コクがあってほんまに美味しい」

「作法なんて要りませんよ。ただ、こういう、厚みがあってまろやかで酸味のバランスもよいワインが、これから召し上がっていただくオマールエビの料理に合うと言われてます。ぜひお試しください。先ほどは、失礼があり、誠に申し訳ありませんでした」

　頼子は深く頭を下げ、店の名が入った白い封筒をテーブルの上にそっと滑らせた。

「これはお洗濯代です。もし、クリーニングで汚れが落ちないようでしたら仰ってください、スーツのお代を……」

「そんなん要りません」

　頼子が最後まで言い終わらないうちに荒木さんが言葉を挟み、封筒を頼子に押し返した。

「お気遣いいただかなくても大丈夫ですよ。白いワインですし、本当にあんまり濡れてないんです。そやし、こない美味しくフランス料理いうもんを食べてええ気分なんですから」

「でも……」

　荒木さんがスーツの内ポケットから黒い革の名刺ケースを取り出す。そこからシンプルな白い名刺を一枚取って頼子に差し出した。

　名刺には頼子の知らない会社名と長い部署名、部長という役職が『荒木真治』という名前の上に書かれている。

「僕が勤めている会社の住所、ほら、ここから近いんですよ。今度、会社のもんを連れてまた来ます。そんとき、僕が常連面して慣れたような態度しても許したってくれたらうれしいです」

「私はあんな失礼な失敗したのに」

「失敗は誰でもありますよ。そやけど、思い出したくない客にせんとってくださいよ」

頼子は口を結んで頷いた。声を出したら泣いてしまう。

また来ます、と言ってもらえたことがどんなにうれしかったことか。荒木さんにうまく伝えられたらいいのに。

そこへオマールエビの皿を持った美奈がきた。向かいには荒木さんの奥さんのお皿を持ったアルバイトの子がタイミングを合わせるために奥さんの後ろに待機している。美奈は口角を上げて照れたように笑顔を作り、持っていた皿を頼子に渡してくれた。頼子が荒木さんの前に皿を置くのと同時に奥さんの前にも同じ料理の皿が置かれる。

「うわぁ、美味しそうやねぇ」

奥さんが明るい声を出した。心が温かくなる。合わせた美奈の目も優しかった。

ドリンクカウンターに残ったのはムルソーのふたつのグラス。頼子は伝票をポケットに挿し込んで、ムルソーを持って厨房に入った。

厨房の入り口に近い調理台の上にオマールエビの皿がひとつのっていた。一人前はオマールエビの半身のため、用意した八匹のオマールエビから十六人前できる。今日の客は十五人だから、残りのひと皿が従業員用に用意されているだろうと読んでいた。

「頼コウ。オマールや、食え」

人に勧めておきながら、岩崎はオマールのハサミの部分の肉厚の身を手でつまんでクリーミーなエビのソースに絡めて自分の口に放り込む。

「美味いわ。当たり前やけどな、俺の料理やからな」

これほど自分に自信があるのは羨ましい。

頼子はムルソーのグラスをひとつ岩崎の前に出して、ホワイトボードに貼ってあるパーティーの伝票の隣にムルソーの伝票を磁石で留めた。

「私が開けたワインです。どうぞ」

「ふんっ、ムルソーか、ありきたりやな」

文句を言いながら岩崎はそれを口に含む。

「せやな、わざわざ俺の料理に合わせたい言うて持ち込むんやったら、これくらいのもんを持ってきてもらわんとな。お前の友だちが持ってきたワインは濃いだけで、俺のオマールに合うほどの繊細さがあれへん」

繊細さの欠片もない男が繊細なフランス料理を生み出すのだから本当に不思議だ。

美奈はコンロの向こうの作業台で次の肉料理の準備に入っていた。

「美奈にもワインあるねん。あとで、飲んでみて。せっかくエビあるし」

頼子は美奈に聞こえるように言った。

「……いただきます、ありがとうございます。でも、ちょっとしか飲めないんで、頼子さん飲んで少しだけ残しといてください」

頼子は手を上げて返す。そして遠慮なく美奈のグラスに口をつける。

「なんやお前ら、いつの間にかえらい打ち解けとるやないか」

エビが歯に挟まったらしい岩崎が、小指を奥歯の方へ突っ込んでシーシーと動かしながらいぶかしむ。

頼子はオマールの甘い身を頬張り、「はい」と目だけで返事をした。口の中ではエビのソースとムルソーが滑らかに溶け合っていた。

その後のディナータイムは早い時間で客がひいてしまったこともあって、閉店時間の三十分前に店を閉めた。ランチタイムの売り上げがよく上機嫌だった岩崎は、鼻歌交じりにレジを締めて帰っていった。

美奈は最後の洗い物を洗浄機に入れて、坊主に床掃除の道具を持ってこさせる。定休日前日の仕事終わりは厨房の床掃除を必ずすることになっている。ホースで水をまきながらデッキブラシで床をこすり、ゴミ箱も洗う。しんどい作業だが、明日が休みなら頑張れる。

坊主もこの作業だけは行動が速い。

　厨房の出入り口で靴の裏をマットで拭いて、美奈はホールへ出て頼子を探す。頼子は店のエントランスにシャッターを下ろし、内鍵をかけているところだった。

「あ、お疲れ、美奈。早く終わってよかったなぁ。今から床掃除やんの？」

「はい、もう坊主が水を流し始めてます」

　美奈は頼子に「今日も来ませんか？」と言うつもりだったが、二日も続けては嫌だろうか、友だちと飲みに行く予定があるかもしれないと思案して躊躇してしまう。

「なぁ、美奈、今日も家に行ってええ？」

　美奈は勢いよく顔を上げて、コクコクと首を折って頷いた。

「えへへ、ごめんな。今日はうれしいことと嫌なことと、いろいろあり過ぎて疲れてるんやけど、話したくて」

　頼子は疲れたから早く帰りたいのではなく、美奈のところへ来て話したいと言う。美奈はうれしくなってコックコートのポケットから部屋の鍵を出した。

「先に入ってゆっくりしててください、なんもないとこですけど。昨日のジャージでよかったら使ってください。私もさっさと掃除終わらせて帰りますんで」

「分かった。ほんなら、またなんかコンビニでいろいろ買って行っとくな」

「あ、えーと」

　コンビニと聞いて、「甘いデザートは買わんとってください。作ったんで」と告白してしまう。黙っておこうと思ったのに。自分は本当にエンターテイナーになれない、つまらない人間だと美奈はひっそりと落ち込んだ。

「うそ、マジで？　美奈、今日そんな時間あったん？　めっちゃうれしい！　二日連続で行ったら迷惑かと思ってちょっと心配やったんや」

「昼間に高いワイン飲ましてもらったんでお礼に……」

「飲んだ言うても美奈なんかほんの一口やんか。あれな、仕入れ値でええって言うてくれるかと思って期待しとってんけど、きっちり一万二千円とられたわ。おっさんに」

「一万二千円は大きいですね。銅鍋と殆どかわらへん」

「だからなんで銅鍋やねん」

頼子はツボにはまったらしくゲラゲラと笑った。

美奈は下戸だ。ワインならグラス一杯で十分酔える。酔うと気持ち悪くなったりすることはなく、体のいろんなネジが緩んでしまうような感覚になり、気持ちよくて眠くなる。だから営業中にアルコールを口にするなど、危険すぎて今までしたことがなかったが、今日初めて料理とワインのマリアージュというものを体験した。舐める程度の量にするつもりが、大きな丸いグラスを顔に近づけた瞬間に感じた蜂蜜のような甘い香りに誘われてゴクリとひと口飲み込んでしまった。滑らかな舌触りとまろやかな甘さ、それでいて後味は優しい酸味があった。ソムリエに聞いてこの感想が合っているのかどうかは分からないが、とにかく、そのあとすぐに噛んだオマールエビの身の旨味とソースのクリーミーなコクとがグンと引き立つ感じはなんとなく分かった。へぇ、これが噂のマリアージュというものかと、ほんのり顔が温かくなった。

「教科書のまんまなんや、この合わせ方。超基本やねん。だからお客さんが大絶賛してくれても、逆に穴に入りたいぐらい恥ずかしかったわ」と頼子は言っていたけれど。


ランチ営業後、美奈がホールの片づけを手伝っていたとき、頼子はガラスの薄いグラスを天井のライトにかざして曇りを確認しながら呟いた。

「桃香は、私のことなんか敵やと感じていないんや。比較するまでもない相手っていうんか。私が一方的に嫉妬しとんねん。ダサいなぁ。私が桃香の立場やったら自分の選んだワインより料理に合うんをあとから出されたら悔しいわ。けど、桃香はおおらかなもんや。まったく気にせぇへん。あっちは料理とかワインのことを人に教えるくらい自信があんねんもん」

頼子には頼子の魅力があるというのに、人と比較して落ち込むのはもったいないことだ。けれど、こんなにも真面目に仕事に向かっている頼子が、美奈はカッコいいと思う。

なにか元気づけてやれることはないか、そう考えて美奈は自費で購入していたフロマージュブランを使ってクレームダンジュを作った。クレームダンジュはフランスのアンジュ地方の伝統菓子で、ふわふわのレアチーズケーキである。美奈は休憩中に仕込み、冷蔵庫の一番奥にしまっていた。

小さな器のココットに分けて作っておいたクレームダンジュをひとつ坊主にあげて、残りの三つを大きめのタッパに入れる。岩崎に見つかったらひとつ渡そうと思っていたけれど、見つからなかったので頼子にふたつあげよう。誰かのためになにかを作ろうと思ったのはどのくらいぶりだろう。美奈はココットがぶつかり合わないように慎重にタッパを抱えて、頼子の待つ自分の部屋へ急いだ。

頼子は美奈の部屋に着くと、昨日から借りているジャージに着替えた。

スポーツする人が着るようなブランドのかっこいいジャージではない。お笑い芸人がコントで着るような柔らかい生地の青いジャージだ。「こんなジャージどこに売っとんの？」と聞けば、美奈は「もう随分前に買ったんで」と頭の中で古い記憶を手繰り寄せながら悩み出したので、頼子は「もうええよ」と言った。美奈はいつも部屋でこのジャージを着ているらしい。部屋着だからリラックスできればいいわけだが、あのナイスバディをこんなジャージで隠すなんて惜しい気がしてしまう。

昨日部屋干ししていたかわいい下着のサイズはDカップだった。もっと大きそうだと思っていたから美奈に聞いてみたら、本当はEカップらしい。「このデザインはDしかなかったんで」と真っ赤な顔で説明された。あんなに服装に頓着しない美奈が、デザイン重視で下着を選ぶというのが面白い。人のこだわりというのは本当にそれぞれだ。

　部屋着に力が入ってないということは、美奈はこの部屋に彼氏を連れてこなかったのだろうか。美奈がどんな人と付き合っていたのか、まったく想像できない。年ごろの女がふたり、以前付き合っていた男の話題が出ればそのまま恋の話になりそうなものだが、そうならないところが美奈らしい。昨夜はふたりでひとつの布団に身を寄せ合って、なぜかオマールエビの痛覚の話などをして眠った。

　いつもなら休みの前日には、ソムリエ仲間が集まるワインバー『ミティック』に顔を出す。ワインの勉強もかねて飲みながら情報交換をしているのだ。楽しい場所だが、仲間と触れ合うことで頼子は、ときどき自分の嫉妬心の強さに苦しめられる。二十九という微妙な年齢のせいかもしれない。結婚、出産、独立、転職と、周りは変化して生き生きしているのに、自分だけがよどんだ水の中で、もがきながらとどまっているように思えて人が羨ましく感じる。美奈はそんな頼子の尖った気持ちを、研磨するように心地よく受け止めてくれる。

　コンビニの袋から昨日とはちがうラインナップのパンやおにぎり、惣菜を取り出す。今日は甘いものは買っていない。珍しい地ビールが棚に並んでいたのでそれを選んでみた。美奈にはハーブの香りがするお茶を買った。

　頼子はビールの缶を開けてとりあえず喉を潤し、自分用に買った下着のパッケージを破る。昨日は黒のショーツとTシャツだったが今日はグレー。コンビニにはブラジャーは売っていない。良くも悪くも頼子は胸が小さいので一日二日ノーブラだってまったく問題ない。

「制服にはベストがあるし平気や」

自虐的に独り言を言う。

頼子の小さな胸もいまいち自信がない仕事も、ソムリエバッジがついた黒いベストとタブリエは包み隠してくれる。頼子にとってソムリエの制服はまさに鎧だ。

ビール一本は一瞬で飲み切ってしまった。電気ストーブの前に陣取っていてもビールのせいで体が冷える。頼子は美奈の掛布団を引き寄せ肩にかけて、もう一本ビールを開けた。疲れのせいか一気に眠気がきて、頼子は美奈が帰ってくる前に掛布団にくるまって眠りに落ちた。

夢の中で、頼子はなぜかたくさんのベストを着こんでいた。汗だくになりながら大勢の人の前でワインの説明をしようとしている。頭の中でワインの名前がただの片仮名のつながりになってまったく出てこない。不安でたくさんタブリエを巻きつけるけれど、少しも楽になれない。苦しくて蝶ネクタイを外そうともがく。もう全部脱ぎ捨ててしまいたい。ドドドドと水が勢いよく落ちてくるような音が夢の隙間から聞こえてくる。助けて、おぼれそう、というところで目が開いた。全身汗びっしょりだ。

なんだか視界が明るい。それから、暑い。びっくりして飛び起きると、一瞬ここがどこなのか分からなかった。

電気ストーブと布団が触れ合っていて、そこから赤々とした炎がキャンプファイヤーみたいにまっすぐ天井に向かって上がっていた。

頼子の鼓動は狂ったように打ち鳴らす。すぐにフレームの熔けた電気ストーブのスイッチを切って布団から離した。ただ、布団に燃え移った火は消えない。

「どうしようどうしよう。火事のときはまず、なにをしたら、なにをしたら、なにをしたらええんやっけ？」と思ったことを全て口に出しながら間にキャーキャーと悲鳴を上げて、半狂乱で火を布団でくるむ。

「頼子さんっ、なにっ？　え、焦げ臭い！　どうしたんですか？」

美奈が血相を変えて風呂場から飛び出してきた。バスタオルを体に巻いている。

火は布団にくるまれて消えたように見えた。焦げ臭いにおいに包まれたシンと静まり返った部屋で、激しい自分の心臓の音だけが響く。頼子が震えながら布団を少し開くと、そこから炎がまた立ち上がった。壁が炎で歪んで見え、黒い炎の撫でた白い壁紙が黒ずむ。

「キャー！」

美奈と頼子、叫び声は同時だった。

「頼子さんっ、お風呂っ、湯、浸けてぇーっ、布団っ」

美奈が風呂場へ走りながら叫ぶ。頼子はもう一度炎を布団でくるみ、布団ごと炎を持ち上げて急いでそのあとに続く。ふたりで湯の中に必死で布団を沈めた。美奈が水道の蛇口を全開にして上から水をかける。跳ね上がる水で頼子のジャージは濡れて青の濃さが増し、美奈の白い肌がしぶきを弾く。

ざぶざぶと溢れる風呂の湯が排水溝に流れている。ふたりともはぁはぁと荒い息で、湯船の中に完全に浸かった布団を見つめた。互いの鼓動と水の溢れる音、まとわりつく焦げたにおい。美奈が湯に浸けたまま、風呂桶の中で布団をゆっくり開いた。真っ黒に焦げた布団の表面の生地と中の羽毛が現れる。

もう火が上がりそうにないことを確認して美奈が水を止め、濡れた床に下着一枚の尻をついて座り込む。バスタオルははだけ、尖った胸の先からぽたぽたと水が滴っている。足がガクガクと震えて力の入らない頼子は風呂場の入り口から床を這って出て、キッチンのところで美奈が落としたバスタオルを拾って取り上げた。

部屋中に科学的なものが熔けたにおいが充満して息苦しい。頼子は床に四つ這いになり恐るおそる部屋を見渡す。壁と天井のクロスに黒い人影のような焦げ跡がついていた。電気ストーブの下のタイルカーペットが焼けて黒ずんだ床板がのぞく。

頼子は壁をつたって立ち上がって歩き、美奈の肩にバスタオルをかける。

「ごめん」

頼子は美奈の上に覆いかぶさるようにして抱きついて謝った。頼子の下で美奈が首を振っている。

「……よかった、お風呂にお湯ためてて……。よかった……」

美奈が噛みしめるように「よかった」と繰り返した。

「うん……ありがと。美奈のおかげで助かった……」

「帰ってきたときにすぐ起こせばよかったんですけど、頼子さんがあんまりよく寝てはったから、ごめんなさい」

今度は頼子が首を振る。

「……私美奈を殺しちゃうところやった……。布団をダメにしてごめん、部屋も……」

「頼子さん、クレームダンジュ作ってきたんです」

「う、うん？」

美奈のセリフが唐突で、思わず疑問形の返事になる。

「食べてくれる相手を思い浮かべて作るの、うれしいことやなぁって。帰ったら頼子さんいてくれてほんまうれしかったです」

あんたがいてくれてほんまうれしかったのは私や。

「ドアホが」

頼子は岩崎の口真似をしてみた。

「ドアホですねぇ、私らふたりとも」

互いに互いの肩に額を置いてヒィヒィと泣いているような引き笑いをした。

「なぁ美奈……、部屋も焦がしてしもたし……、うちら一緒に暮らせる部屋を探さへん？よかったら、やけど」

返事代わりに、クシュンと、頼子の腕の中で美奈がくしゃみをして頷いた。

2章　恋の終わりと友情のデセール

部屋探しに時間はかからなかった。

ふたりがそれぞれ自室を持てるよう独立した部屋がふたつあること、家賃が十万円以内であることという条件に加えて、『レストラン・タブリエ』から徒歩五分圏内という美奈の希望を入れると選択肢はおのずと限られたからだ。

レストラン・タブリエは最寄り駅と呼べる駅がない、交通の便が悪いところにある。そのため、店から徒歩五分以内である新しい部屋も、街に出るまで少し面倒な場所にある。頼子は神戸の中心である三宮駅に近い住宅街に住みたいと思っていた。三宮駅近くは飲食店が多く、夜も遅くまで明るい。ワイン勉強会で世話になっているワインバー『ミティック』もある。

定休日に予定を詰め込んで出かけることが多い頼子にとって、JRに阪急電車、阪神電車がのり入れ、関西のどこに出かけるにも便利な立地も魅力的だった。

けれど美奈と同居し始めてからの五ヶ月間、仕事帰りに飲みにいくことは減り、休みの日には美奈が作ってくれる料理を食べて、一日部屋着で過ごすことが増えた。いつしか交通の便が悪いことも、繁華街から遠いことも気にならないほど、新しい暮らしは頼子にとって心地よかった。

労働時間の長い飲食業にとって、通勤に時間を取られないというのもありがたかった。頼子は先に出勤する美奈の足音を聞いてから起き出し、ゆっくり化粧をして店へと向かう。

七月二十日。小学校の夏休みの始まりであるこの日が好きだったのは、何歳までのことだっただろうか。

午前八時、頼子がいつものように出勤すると、今朝は店の前に銀色の軽自動車が止まっていた。スーツ姿の若い男が運転席にのっている。営業マンが休憩でもしているのだろうか。正面玄関前は道幅六メートルほどで狭い。食材の配達業者や市場から帰って来る岩崎の車とバッティングしないように車の移動をお願いしておこうかと考えながら、頼子は正面玄関のシャッターを上げた。

「あの、すみません」

突然耳元で話しかけられる。

ガラガラとけたたましいシャッターの音で、頼子は男が車から降りて来ていたことに気づいていなかった。いつの間にか男は頼子の隣に立っていた。頬を赤らめながら頼子にしどろもどろに話し、ジュエリーブランドの小さなペーパーバッグから取り出したものを頼子に差し出した。

「びっくりするやろ。くれるんかと思うやん？　朝っぱらから店の前で待ち伏せされて、こんなんを渡されたら。ほんなら、今日のディナーを予約してるお客さんやねんて。彼女が誕生日で、サプライズプレゼントしたいって。デザートに仕込んでおいてくださいって言うんやで」

頼子は厨房の調理台の上に開いた指輪のケースを置く。よく知られたジュエリーブランドのシルバーリング。八つのハートが連なる女の子らしいデザインだ。

「そんなドラマみたいなことをする人、ほんまにいるんですね」

美奈が珍しい石でも鑑定するようにハートの指輪に目を凝らす。

「おんねんで、乙女な人。まぁ、分かるけどな。私もサプライズされるより仕込む方が好きやし。そやけど、初めてくる店に急にこんなもん預けるかな」

「たしかに。大切なものですしね」

深刻そうな顔で眉を下げ、美奈は火にかけていた鍋を取ってきて調理台に置いた。

「飴はドーム型にしたらいいですか？」

「うん、それでお願い」

美奈は鍋の中に溶かした黄金色の砂糖液をフォークですくって、料理をよそったり取り分けたりするレードルをひっくり返して、その丸い縁に沿って慎重に砂糖液で線を引いていく。縁ができたら格子になるように端から端にフォークを動かす。レードルが網をかけられたように飴で覆われる。美奈がまるで手品のようにレードルから金色の小さなドームを取り外す。シュクレフィレ、糸飴のドームだ。

「完璧や」と頼子は親指を立てる。

「ほな、デセールの上にこの指輪のっけて、上からこのドームで蓋してくれる？」

美奈が「はい」と頷く。デセールとはデザートのことだ。

「スポンジの中に仕込んでくれてもいい言うてはったけど、それはいくらなんでもベタベタするしなぁ」

「それはこっちが気を遣いますよね」

「そやろ。お客さんは無茶言うねん」

「お客さんが来はってからケーキにのせるとして、それまでこの指輪はどこに置いときますか？」

「私は今からパン屋に行かなあかんし、美奈、厨房の棚で預かっといて」

「え？　厨房で預かるんですか？　き、緊張します」

男は頼子にこれを預けるのに不安はなかったのだろうか。

彼女を驚かせたいという気持ちだけでいっぱいだったのかと思うと、店を巻き込む乙女チックなサプライズも微笑ましい。サービスマンとしてそういう気持ちは応援してあげたいと頼子は思う。

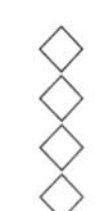

「まいどー」

頼子がパン屋に出かけてまもなく、酒屋の次郎が裏口から顔を出した。

「あ、すみません、頼子さんはパン屋へ買い出しに行ってしまったんです。今日は私が納品チェックしますね」

美奈はカボチャのポタージュの火を止める。厨房には美奈と坊主しかいない。

「ああ、そうなんや」

次郎は段ボール箱からワインを出して、裏口近くの作業台に並べる。美奈は伝票を受け取り、レ点チェックしていく。

「これ、別伝票になっていて、『おめでとう』って書いてあるのですが……」

美奈は伝票を見直す。通常伝票とはちがい、店の名前が入ってない伝票が重なっていた。

「ああ、ごめん、これ」

ポリエチレンのボトルネットでくるまれたシャンパンを一本、次郎は新たに箱から出した。ボールペンで『おめでとう』と走り書きされたピンクのポストイットが貼りつけてある。

「店用やなくて、頼ちゃんに渡してやって」

美奈ははっとして次郎を見上げる。髭の伸びた頬をポリポリとかいて、「大台のったし、祝われたくないらしいから」とはにかむ。

「あ……今日なんですか、頼子さん誕生日」

頼子と暮らして五ヶ月近く経つのに知らなかった。毎晩のように話しているのに。

（ああ、そうか）

話題を提供してくれるのは常に頼子で、頼子は自分の誕生日が近いからわざとそれに触れなかったのかもしれない。

人と関わらない方が楽だと思ってきたが、仕事終わりに頼子と話しながら帰るようになって、ひとりで黙って過ごしていた頃よりも美奈の疲労感はずっと軽くなっている。

祝われたくないのは本心だろうか。その切なさに美奈の胸の奥がチクリと痛む。もしもこっそりプレゼントを用意したら頼子はなんと言うだろう。クレームダンジュを作ったときには喜んでくれていた。美奈は密かに頼子の誕生祝いを用意することにした。

ライトグレーの細身のスーツを着た若いサラリーマン。今朝と同じ服装だ。ひとりでこっそり指輪を預けに来たそぶりは見せず、初めて来店したかのような口ぶりで「中島」という予約名を告げた。会社帰りのＯＬさんという雰囲気の色白な女性を連れている。からし

色のスカートが鮮やかだ。年齢を聞いても、まだ失礼とは言われない年頃だろう。デセールに仕込まれる指輪はこの人の指で輝くことになるのだ。

頼子と目が合ったときに一度だけ中島が意味ありげな視線を送ってきたので、頼子は深く頷いた。「承知しています」の意味を込めて。

ほかに今日のディナーは四組のお客が来店している。頼子は一番奥の席を中島のために取っておいた。

お祝いのドリンクを用意したいが、現時点で頼子が誕生日を知っているとなると彼女が怪しむかもしれないので思いとどまる。サービスはタイミングが重要なのだ。

中島と彼女が選んだ料理は、前菜がふたりとも魚介のミルフィーユ仕立てで、メインは彼女が豚の挽き肉を詰め込んだファルシで、中島が牛フィレ肉のソテーだった。フードメニューと交換でドリンクメニューを渡すと、中島が彼女に「誕生日だし、ワイン飲む?」と訊いた。

「お誕生日なんですね、おめでとうございます」

今知ったかのように頼子はお祝いの言葉を伝える。彼女は小さくお辞儀をして、「ありがとうございます」と微笑んだ。

頼子は厨房に入ってオーダー伝票を読み上げ、デセール用の冷蔵庫へ向かう。

「美奈、ウェルカムドリンク出すから、冷蔵庫からフランボワーズ持っていくね」

声をかけると、美奈が厨房の奥から鍋つかみを持ったまま走ってきた。岩崎が「走るな」

と舌打ちする。「すみません」美奈は岩崎に心のこもっていない返事をして、「私が出します。フランボワーズはいくつですか？」とデセール用冷蔵庫を少しだけ開ける。いつもなら「どうぞ」と返事して勝手に取らせてくれるのに。

「二個」

「二個ですね。今、デセールの冷蔵庫、指輪のガトーとかで満杯で……。いろいろ物の位置が変わってるんで……」

美奈が言い訳めいた説明をして、ステンレスの小さなバットにフランボワーズの粒をふたつ入れてくれた。

「よさげな客か？」

岩崎が睨むような視線で聞いてくる。

「バースデーのお客さんなので。イベントごとに来てくれるようになればいいなと思いまして」

ウェルカムドリンクはサービスで提供する飲み物のことだ。客を見極めて、必要があれば出すようにと岩崎から言われている。

岩崎の言う「よさげ」というのは、リピートしてくれそうな客かどうかということだ。

誕生日、進学、就職、結婚式……人生のイベントを大切にする人はイベントの思い出と一緒に場所を記憶すると思う。そして楽しかった思い出と一緒にその場所を思い出しても らえれば、もう一度あそこでお祝いしようということになるのではないか。そうやって顧客ノートに記録が重ねられたらいい。頼子はそう考えて、お祝いの記念に訪れてくれたお客にはウェルカムドリンクを出すことにしている。

ホールのドリンクカウンターへ戻り、小ぶりのフルートシャンパングラスをふたつとった。フルートシャンパングラスとは名前の通り、笛のように細長いグラスだ。厨房で分けてもらったフランボワーズの実とフランボワーズリキュールをほんの少しだけグラスの底に落とし、スパークリングワインをグラスの六分目ほど注ぐ。軽く混ぜるとワインの泡と一緒にフランボワーズの赤が上がってグラデーションができる。

本来シャンパンを使うところ、少し安いスパークリングを使わせてもらったけれど、これはキールインペリアルというドリンクだ。中島のテーブルへウェルカムドリンクとしてこれを運ぶ。

「うわー、ありがとうございます」

「きれい」

彼女も中島も喜んでくれた。乾杯のグラスを合わせるふたりを見ると、誉められた子どもみたいに頼子のテンションも上がる。

「美奈、フランボワーズありがとね。喜んでくれたわ、お客さん」

こんな風に厨房までやってきて美奈にまで報告したくなるくらいに興奮する。嫉妬の塊だと自覚している頼子だが、不思議と店の中で接客する相手の祝い事には素直に幸せであってほしいと願える。満足してもらえるように全力で尽くしたいと思う。

「幸せな誕生日になるといいですね」

美奈が口元をほころばせ、中島のテーブルに持っていく料理を手渡してくれた。

スモークしたサーモンと魚介、サラダ用の野菜をミルフィーユみたいに積み重ねた前菜。料理を作ってくれる美奈が、お客のあのうれしそうな顔を見られないのは残念で、申し訳ないような気持ちになる。

同じテーブルの料理は、別メニューでも同時に出さなければならない。料理の盛りつけはスピード勝負だ。
美奈は調理台の上に温めておいたメイン皿を二枚並べ、片方の皿の中央にセルクルという浅い筒の型を置く。そこに牛頬肉の煮込みを詰めて円形に盛りつける。その上から岩崎がフィレ肉のソテーをのせる。牛頬肉の煮込みとフィレステーキ、二種類の牛肉料理を重ねた料理だ。これにポテトのグラタン仕立てを添える。
岩崎はすぐにフライパンを持ち替え、もう片方の皿に豚の挽き肉を詰め込んだファルシを置く。美奈はファルシの周りにグリルした野菜やきのこを散らす。最後に岩崎がきのこの香ばしいソースを全体に回しかける。美奈はベルを押して頼子を呼ぶ。
「メイン出たら、いよいよデセールやな」

頼子は二枚の皿を持ち上げ、そう呟いて厨房を出ていった。

メインディッシュさえ出てしまえば、岩崎もホールの会計カウンターへ行ってしまう。片づけを坊主に任せて、美奈はデセールに集中できる。あとは頼子へのサプライズケーキが頼子に見つからないように注意してこっそり作業すればいい。

指輪のサプライズで喜ぶお客さんの彼女よりも、美奈は頼子の喜ぶ顔が見たい。慌てて用意した頼子へのプレゼントをポケットから取り出して、美奈は思わず苦笑いする。今日気づいてしまったのだから仕方がないとはいえ、誕生日プレゼントがこれ。

(まぁええか、頼子さんの好きなもんやし)

美奈はそれを丁寧にラップでくるむ。

冷蔵庫の中は指輪のお客の分と頼子の分のバースデーケーキの仕込みで満杯だ。美奈はまず、昼の休憩時間に焼いておいたケーキのスポンジ、ジェノワーズを切り分ける。オレンジのお酒、コアントローの入ったシロップを刷毛でジェノワーズに塗る。生クリームとスライスしたイチゴを挟み、あとはこれを繰り返して三段にして表面を飾るだけだ。頼子のケーキの方にだけ、美奈の用意したプレゼントを挟み込んで仕上げ、冷蔵庫にしまった。

中島のサプライズプレゼントは大成功だった。美奈が用意したシュクレドームの下の指

輪を見つけた瞬間、彼女は口を手で押さえてケーキに顔を近づけた。フォークの先で指輪をつつき、「え？　これ……」と向かいに座る中島を見る。

「ケーキに魔法をかけました」

中島がメルヘンなセリフを言い放つと、彼女は感激して泣き出した。その喜びようはうっかり頼子がもらい泣きしそうになるほどだった。

頼子は鼻をかもうと厨房へ入った。それと同時に、

「ひゃっ！」

調理台の向こう側で美奈の奇妙な悲鳴が上がった。

「うわっ、なにしとんねん、美奈」

随分変形してしまっていて、頼子には一瞬それがなんであるのか分からなかった。美奈はベリーと生クリームたっぷりのホールケーキを、デセール用冷蔵庫の扉で挟んでしまったのだ。

「……すみません」

この世の終わりを見てきたような青ざめた顔で、美奈はケーキを持ったままへたり込んでしまった。頼子は調理台の横を通り抜け、美奈のもとへ走る。冷蔵庫の観音開きの扉には左右に生クリームがべったりと、パッキンの間にも入り込んでいる。細くつぶれたケーキのてっぺんからイチゴがひとつ転げ落ちた。

「もったいない」

頼子は美奈の手からケーキを奪い、調理台に置く。つぶれたケーキの真ん中から、ラップで包まれた青い紙がのぞいている。

「なんなん、これは」

「……プレゼントです」

指でつまんで引き出す。生クリームをまとったラップの中身はビール券だった。

美奈の顔色は青いのに目の周りは真っ赤で、下げた口角が震えている。

「頼子さんの誕生日のサプライズ、しようと思ってたんですけど、隠しきれなくて……。すみません」

「え！　あ、ああ、知っててくれたん？」

美奈が須田酒店の伝票とピンクの紙が貼りついたシャンパンを見せる。

「ビール券、次郎さんから買ったんです。そやから、なんかラッピングしようと思って。指輪をケーキに隠すの、真似しました」

ほとんど泣き顔になってきた美奈の涙が頼子に感染しそうになる。ああ、この人はなんてかわいいんやろう。

「あかん。営業中にサプライズはあかん」

頼子は厨房の出入り口で鼻をかんでホールへ出た。

中島のテーブルでは彼女が右手の薬指に指輪をはめて愛しそうに眺めていた。

頼子は今日、三十歳になった。昨日までは美奈とひとつちがいだったのに、今日からふたつちがいになった。気にしていないつもりでも、二十九歳と三十歳、昨日と今日との間は広く深い溝があるように感じる。

ワイン勉強会の仲間で誕生日を祝ってくれると次郎が言ってくれたけど断った。祝ってもらうほどめでたくないし、と。

次郎の声かけで集まったワイン勉強会は、七年前から始まった。メンバーは毎年少しずつ入れ替わって、若いサービスマンも増えている。頼子はすっかり古株だ。結婚したり、子どもができたり、独立したり、度々メンバーの祝い事がある。その中で、ただ年を重ねるだけで毎年祝われることが、なんだか気恥ずかしかった。誕生日を気にしてもらえるだけで心が温かくなったし、それだけで十分だと思っていた。

しかし、ビール券をケーキに隠すって……。じわじわと笑いがこみあげてくる。

美奈が自分のことを思ってくれたのがうれしく、祝ってもらうのも悪くないなと頼子は思った。あとで冷蔵庫掃除を手伝って、潰れてしまったケーキを美奈と食べよう。

頼子はドリンクカウンターで顧客リストを開く。新たなページに中島の名前を入れる。指輪の彼女が頼子と同じ誕生日であるということも忘れずに記しておいた。

八月に入って二十五度を超す熱帯夜が続いている。エアコンのタイマーが切れて、美奈は目覚ましが鳴る前に暑さで目覚めた。布団の上で横たわってぼんやりしていると、目覚ましではなく携帯が鳴った。

モーニングコールは「市場へ行くぞ」という岩崎の濁声だった。

「一人前の料理人はいい食材を自分で見極められへんと」などと言っていたが、どうせ買ったばかりの車を自慢したいのだろう。

二十歳で料理専門学校を卒業した美奈は、調理師の仕事についてもうすぐ九年になる。従業員四十人を抱える大きなフランス料理店で六年近く修行したあと、『レストラン・タブリエ』に勤めをかえた。従業員が少ない店ではひとりの仕事量が増える。そういうところで力をつけたいというのが店を移った表向きの理由となっている。

だけど本当は、前の店を辞める前に、美奈の恋心が同僚のひとりに拒まれたことがきっかけだった。美奈はひっそりと自分のささやかな恋物語を終わらせ、仕事に打ち込むために店をかわったのだ。

岩崎の料理の腕は確かだ。フレンチの古典をベースにした濃厚なソースは評判で、技術を習得しようと若い料理人が度々やってくる。しかし岩崎のわがままで暴力的な性格に耐え切れず、みんな数ヶ月で去っていく。けれど美奈はここで二年半、がむしゃらに働いてきた。朝は七時から厨房に入り、十五時間をそこで過ごす。今では仕込みからメインの肉の火入れまで、重要な仕事も任されている。


両足の先にスニーカーを引っかけて、美奈は玄関の重いドアを静かに閉めた。まだ午前七時前。玄関隣の六畳の洋室には頼子が眠っている。

美奈と頼子が入居しているマンションは築四十年と年季が入っているが、二年前に全面改装され、白い壁に目立った汚れはない。いわゆる羊羹型のシンプルな四階建てで、各階に四戸ある全十六戸。間取りがこぢんまりとした2Kなので、ひとりで暮らす人や少人数の家族もいるようだ。

美奈は自分が他人と一緒に暮らすなど、以前は想像したこともなかったが、頼子との暮らしは思っていた以上に美奈に馴染んだ。

人はすぐに快適なものの方へ流される。美奈はそれが怖い。一度心地よさを知ると、失ったときの苦しさは耐え難い。だから美奈はこれまで人となるべく関わらないようにしてきたし、物をあまり持たないようにしてきた。今でも誰かの肩に寄りかかってはいけないと思っている。それはもちろん頼子にも。

美奈はキュッと唇を結ぶ。頼子は終わった恋愛で人肌の温かさを知ったと言った。だけど美奈はそれ以上に恋を失ったあとの冷たさのことを強く覚えている。

深く息をつき階段の踊り場から街を見れば、立ち並ぶビルの向こうに生田川が流れているのが見える。街中の浅い川は強い日の光を集めて鏡のように照り返し、少しも涼しさを感じさせない。ジジッという音を立てて一匹のクマ蟬が壁にとまった。じっと見られているような気がして、美奈は一気に階段を駆け下りた。


交差点で信号を待っていると、不意にせわしないロックのドラム音が流れてきた。ウォンウォンとせわしなくエンジンをふかせている様子が、岩崎の癖である貧乏ゆすりに見えた。信号がかわるのも待ちきれないようでフライングして動き出す。ハザードランプがチカチカと光り、歩道に沿って車は止まった。助手席のパワーウインドウが下がる。

ハイビスカス柄の色あせた茶色いアロハシャツとレイバンのサングラスをつけた岩崎が、ニヤけた顔でハンドルの上方を円周にそってなでている。機嫌はよさそうだ。

「アウディA-6や。どうや」

車に対して興味も知識もない美奈は、新しいということ以外に取り立てて特徴的な部分を見つけられない。美奈は身を硬くして黙って助手席に腰をかける。

「お前には車のかっこよさも分かれへんのか。これから行く市場のおねえちゃんなんか、俺がこれ買うって教えたら『絶対のせてくださいね』って言うとったぞ。その子、俺が店に行くと妙にうれしそうにしとる。なんとかっていうモデルの子に似たかわいい子や。まだ二十歳そこそこちゃうかな」

岩崎は独りでしゃべり続ける。

「お前、市場で料理人の男でも物色したらええ。ここらの店の奴らたくさん来とるで」

美奈はどきりとして顔を強張らせた。心の奥底に泥のように沈んでいた思いに触れられたような気がした。

「なんで、もうちょっと小奇麗な格好してけえへんかったんや。出会いの場にTシャツとジーパンて、アホやな」

美奈の胸の奥の濁った水を岩崎が容赦なく波立たせる。

「……市場におしゃれしてくる必要ありません」

そうは言っても、濃紺に明るい黄色のボーダーのTシャツは美奈のお気に入りだった。彼に会うかもしれない。とっさにそう思ってクローゼットをのぞいたことを思い出して美奈は俯く。二年以上も前に終わったはずの恋心がしつこくくすぶっていることを思い知り、情けなかった。

「お前、藪蚊みたいな女やな。チビで陰気くさくて、そやけど妙に気の強いとこがある。そうや、蚊に似とる」

岩崎はよほど自分のひらめきが気に入ったようで、美奈の隣で「蚊や、蚊や」と何度も頷いた。

「暗い」と言われることには慣れている。人付き合いは苦手だ。十人の料理人がいる調理場で働いていてもあまり話せる相手がいなかった。そのためなかなかメインのローテーションの仕事にはつけず、長い間サラダ場でパセリを刻みハーブの葉をちぎっていた。

あの頃、美奈はひとりで深夜の誰もいない調理場に忍び込み、自腹で買った調理道具や食材を持ち込んでこっそり修行を重ねていた。根気強さだけは自信があった。たしかに、追い払っても体にまとわりつく藪蚊に自分は似ているかもしれない。

そんな美奈の深夜のひとり修行に気がついたのが彼だった。ある日、誰もいない厨房で調理技術の教科書を開いていると、彼がやってきた。

「お前やったんか。誰かが夜のうちに来とると思っててん。朝、出勤したら片づけたときと微妙に物の位置がかわっとるし」

そう言って笑った。

それから彼は美奈のひとり修行にときどき付き合ってくれるようになった。年は五つ上だったが、彼は高校を出てすぐに調理の道に入っていたので、キャリアは美奈よりも七年長かった。店では料理長のすぐ下の立場で、火の前に立って鍋を振っていた。

料理人を目指したきっかけや失敗談、夜の修行中に美奈だけが聞けた彼の話がたくさんあった。

「薄切りのビーツを曲げずにまっすぐ焼くのはどうしたらいいんですか」

彼が考えたランチのスープの飾りに薄くスライスしたビーツがのっていた。それがオーブンで焼かれているのに、まっすぐだったのだ、美奈はそれを真似してみようと試みたが、薄く切ったビーツをオーブンに入れるとクルクルと反ってしまいうまくいかなかった。

「まっすぐな鉄板と鉄板の間に挟んでオーブンで焼くんだ」

忍者が手裏剣を投げる構えのように両手を重ねて見せてくれた彼の姿が浮かぶ。

「俺も昔、夜にひとりで練習したで。羊のモモ一本丸ごと自分で買って調理してみたり、ハトの毛をむしるとこからやってみたな」

噛みごたえある肉のうまみを思い出し、美奈はぜひそれを調理してみたいとわくわくした。

「でもな、毛を抜くようなのはやめとけ。あとの掃除が大変や。掃いても、掃いても鳥の毛がふわふわ舞うで」

よほど美奈が残念そうな顔をしていたのか、彼は続けた。

「まぁ、待ってろ。嫌でもそんなもん捌けるときがくる。頑張ってるから……お前。不器用やけど、な。仕事は丁寧やし、いい料理人になれるで」

短く髪を刈った頭をかき、照れる美奈の唇に彼はそっと唇を重ねてきた。

「おい、お前、なにぼんやりしよるんや。人の話、聞いとんかっ」

美奈は岩崎の怒鳴り声に驚いてシートから体を起こした。

「すみませんっ、あの、なんの話でした？」

「こう暑いとどこのフレンチも暇やっちゅう話や。こんな時期に新しい店を始める奴は大変やろな。あいつ、お前が前におった店で二番手だった河田君、独立したらしいやないか」

『河田君』

岩崎の口から彼の名前が出て、美奈は息が止まりそうになった。「ぐえっ」と喉の奥がなった。

「なんや、気色悪い声出して。ゲロ吐くなや、新車やぞ。河田君て、あいつ、いくつや。三十三、四歳か？　キャリア何年や。独立と同時に結婚したって話や。大丈夫なんかな。嫁さん金持ちなんかな」

「……貧乏やったら、悪いんですか」

「料理人たるもの金持ちの嫁さんもらうことが成功の鍵や。有名になっとる料理人は、だいたい嫁さんがどこそこの大会社の社長の娘やったりするんやで」

「……それなら、大丈夫やないですか。河田さんの奥さんお金持ちらしいです。前の店で一緒に働いてた後輩が言ってました」

美奈は大きく息をついてからつけ加えた。

「緑色のジャガーに乗って河田さんを店に迎えに来たことがあるらしいです」

書店で偶然出会った後輩からこの話を聞いたときと同じように、美奈はがくがくと震える足に気づかれないよう踏ん張っていた。

「ジャガーか。けっ、嫌味な車やな」

歩道橋の手前で岩崎は左へ曲がるウインカーを出した。海が近いことを知らせる潮のにおいが外気に混じっている。

「ジャガー」

岩崎は憎憎しげにもう一度それを口にした。


市場の守衛室を通り抜け、岩崎は駐車場に車を止めた。陽炎の中にスーパーや大型の飲食店の大きなトラックが商品の積み込みをしているのが見える。

岩崎はジーンズのポケットに両手を突っ込み、肩をいからせて建物の中を進む。擦れ違う知り合いに、「おう」と挨拶をして「新車、買うたで」と触れ回った。

水産物の仲卸業者の店が立ち並ぶ突き当たりまできて、岩崎は美奈が聞いたことのない陽気な声を上げた。

「おっはようっ、リエちゃん」

「ああー、シェフ〜、いらっしゃいませー」

金色の長い髪をツインテールに結んだ、ピンクのサマーセーターの女が岩崎に手をふる。

「新車、昨日納車して今日から乗ってきたで。かっこええよ、なぁ」

岩崎が美奈を振り返った。思いがけず自分に話が向けられ、美奈は声もなくただ頷いた。

「これ、うちの若いの。今日は勉強させるために連れてきたった」

「シェフ、ドライブ連れてってくださいよぉ」

甘え声に満足そうな岩崎の顔を見て、岩崎がこういう反応を望んでいたのだと美奈は理解した。

「いつもの帆立頂戴」と岩崎が子どものような喋り方をする。

「いつものとはちょっとちがう帆立が入ったんですけど、これじゃダメですか」

「あらへんの、いつもの」

金髪の女はB5サイズほどの発泡スチロールを取り上げ、首を横へ折って上目遣いで岩崎を見た。

「色が悪いし小さいやん」

「そういう種類なんですよ」

「いつものは」

「今日は入荷がなくて。次、入荷したら必ずとっておきますね」

岩崎と金髪女の会話を耳にしながら美奈は魚屋の商品を眺めた。箱からはみ出すスズキの頭、酸素を送る管のかかったケースから時折潮を吹く二枚貝。体を縛られた伊勢海老が長いひげを動かしてかさかさと小さな音を立てている。イサキやあじなど見知った魚のほかに名前すら知らない魚もいくつかあった。

美奈の心は少しも弾まなかった。岩崎の便宜上とはいえ「よい食材を見極められるように」と修行の一環で連れてこられた場所だというのに。

「もしも河田が現れたら」ということだけに心が囚われていた。河田と一緒に働いていた前の店もこの魚屋と取引をしていた。独立しても懇意な店を使うだろう。河田が今ここへ来てもおかしくはない。

会いたくないはずなのに、こんなにも会いたい。みじめだがそれが本音だった。実際に会えば尻込みして目を合わすことさえもできないだろう。それに、河田と岩崎が鉢合わせしたら……。十分予想できる事態なのに美奈は今の今までそれを忘れていた。美奈は静かに息をのんだ。

早くここから離れたい。少し勢いをつけて体の向きを変えた。そのとき、スニーカーのつま先が隅に置いてあった発泡スチロールの箱に触れた。箱に敷き詰められた氷の欠片の間にグレーの厚紙がささっていて、河田の店の名前と「予約」という文字が赤いマジックで書かれていた。氷の下に直径六センチほどの形のそろった帆立の貝柱が入ったプラスチックケースが詰められているのが見える。岩崎が希望している品だ。

岩崎が気づいたならただでは済まさない。脇がじっとり汗ばむ。ぎこちなく体を動かした美奈は、後ろに積み上げられていた段ボール箱に肩をぶつけてバランスを崩し、膝を抱え込むようにして座り込んでしまった。

「なにしとんねん」

頭上に岩崎の声が降ってきた。汗が背中をつたう。美奈が立ち上がろうと顔を上げると、岩崎は美奈の額を左手でつかむようにして押さえつけた。

「待て。ここにあるやないかっ、帆立！　美奈、見つけたならなんですぐ言わへんねんっ」

「き、気がつき……ませんでした」

「うそつけっ」

岩崎は美奈を押さえつけたまま、反対の手を使い帆立の入ったプラスチックケースをひとつ乱暴に取り上げた。魚臭い氷が美奈の顔の上にパラパラとこぼれた。

「これ、うちにくれ」

手に持った帆立パックを突き出し、岩崎は低い声で金髪女に言った。女は帆立を受け取りながら、ばつが悪そうに眉をハの字に動かす。

「すいません、これは予約分で……」

「俺だっていつも用意しとくように頼んどる」

浅黒い顔は怒りで赤さを増しているだろう。美奈からは見えないが、あの細い目が鋭く尖って金髪女に向けられているはずだ。美奈は岩崎に前頭部を押さえられたまま、通り雨がやむのを待つようにじっとしゃがんでいた。

金髪女はどんな顔をしているだろう。陽気な岩崎しか知らない女には衝撃ではないだろうか。そう思いながら、美奈が氷のこぼれたコンクリートの床に目をうつした瞬間、金髪女が「あー、おはようございますぅー」と今まで以上に高い声を響かせた。

声の勢いにつられて、岩崎と美奈も振り返る。美奈は短く息をすったまま固まった。

河田だ。エンジ色のTシャツとチャコールグレーのミリタリーパンツ姿。硬そうだった短い黒髪は少し伸びて、ほんのりと茶色味をおびている。ヘインズの白いTシャツにブルージーンズしか着ていなかった昔とは雰囲気のちがう河田が立っていた。

「金持ちシェフの登場やないか」

岩崎はチンピラ然として凄んだ。河田は岩崎の言葉の意味が分からず、きょとんとした顔をしている。

岩崎は河田になにを言うのか。美奈は怯え、身を縮めた。

「おはようございます、岩崎シェフ」

河田は岩崎に挨拶をし、ゆっくりと美奈に目を向けると「久しぶり」とかすかに顔をほころばせた。美奈は濡れた灰色の床に再び視線を落とし小さく頭を下げた。

「河田君、店、どないや。儲かっとんか」

不気味なほどやさしい口調で岩崎が河田にたずねた。

「いえ、やっぱり今の時期は難しいですね。でも、まあ、始めたばっかかやし、ぼちぼちやっていきます」

「君には景気も暑さも関係ないやろ。ええなぁ」

「どういう意味です」

河田はいぶかしげに少し声のトーンを落とした。美奈の心臓はバクバクと強い収縮を繰り返している。

「金持ちの嫁さんもろたんやろ。ジャガー乗っとんやってな、君の嫁さん。うらやましいわ。こいつが言うとったで」

　フライパンではたかれたときよりも重い衝撃が美奈を襲った。岩崎がぐいと手首を動かし美奈の頭を揺すった。そして、「なぁ」と同意を促す。押えつけられて上げることのできない美奈の顔は熱くなっていった。額の血管が膨れ上がってどくどくと脈を打つ。顔のほてりは全身に流れて、毛穴という毛穴から嫌な汗を噴出させた。

「あれは、嫁というか、嫁の実家の車です」

　美奈に冷たすぎる水をかけるように、河田の平静とした声が答えた。

「やっぱり金持ちやないか」

「嫁さんの実家はそうですね。でも俺の家とちがいます」

「ええのう、男前は。金持ちの女に拾ってもらえて。店も建ててもろたんか」

「あれは俺の貯金とローンで建てたんです。店には、嫁さんをまったく関わらせてないですから」

「こいつがなぁ、君が金につられて結婚したて言うもんやからな」

　岩崎が再び美奈の頭を揺する。

「そんなこと言ってませんっ」

　美奈は顔を上げると同時に叫んだ。

「ちがうんかぁ。俺にはそういうふうに聞こえたで」

　にやにやと笑う岩崎の顔。美奈はそれを見開いた目で睨むと、頭を押さえつける手を払いのけた。勢いでスニーカーが滑って、床に膝を打った。

「ちがいます」

河田の足元にひざまずいて美奈は首を振った。

河田はなにも言わず、あきれたような困った顔をして美奈を見下ろしていた。「今は仕事しか考えられへん」と、美奈をふったそのときと同じ顔をして。

「お前、ジーパン濡れるやろが、早う立て」

美奈の腕を引っ張ったのは岩崎だった。美奈は首を横に振り、「ちがう、ちがう」と繰り返した。

「分かった、分かった。冗談やないか」

「うるさいっ」

握った拳を岩崎の頬に振り上げた。「ペシャッ」とパン生地のガス抜きをしたときのような感覚があった。

「いてっ、お前っ」

岩崎が摑みかかろうとするのが分かったが、美奈は動かなかった。河田と金髪女の両方が驚いて口を開けていた。美奈の目にたまっていた涙が溢れてぽたぽたと床に落ちた。滲む視線の先に河田が見える。すぐそこにいるのにその姿は遠く感じた。キスをした調理場も、「いつか一緒に店をやろう」という言葉も全部なかったことにした男。勝手に終止符を打ったのは河田だ。美奈の恋物語はまだ終わっていなかったのに。

自分への愛情がなくなっただけかもしれない。河田の気持ちが別の人に移っただけのことかもしれない。しかしそれをそのまま受け入れることが美奈には辛かった。河田が自分よりもお金を選んだと思いこまなければ心が折れてしまいそうだった。そうやって踏張ってきたことがそんなにいけないことなのか。

美奈が嗚咽すると、突然岩崎が美奈を脇に抱えこんだ。

「河田君、こいつ、うちの店に来て泣いたことなかったんやで。フライパンで殴っても、きつい嫌味言うてもな。この根性はなかなかや。今までたくさん若い奴がうちの店来たけど、皆嫌になって辞めていきよった。今となってはこいつがおらんとうちの店は回らん」

「……知ってます。彼女は……本当に頑張り屋です」

「河田君をビビらす料理人に、俺が育て上げたるわ」

美奈は岩崎に抱えられたまま、床にできた自分の涙の跡を見ていた。それは文章の終わりの句点のようにも、ピリオドのようにも見える。こんな気持ちは終わりにしよう。美奈は腕で顔を拭った。

『今は仕事しか考えられへん』

それはこっちの台詞だ。必ず腕のいい一人前の料理人になる。このわがままで乱暴なおっさんのもとで。

「おねぇちゃん、やっぱいつもの帆立は俺がもらうわ。おすすめの小さくて色の悪い帆立は河田君に使ってもらってくれ」

岩崎は太々しく言い放って、美奈を抱えていない方の手を伸ばし、「いつもの帆立を寄こせ」と金髪女に催促している。

「よう見ると、魚屋のねぇちゃんよりお前の方がかわいいとこあるかもしれへんな」

店から離れると岩崎はそう美奈に言った。美奈に殴られて、岩崎も少しは悪いと思ったのかもしれない。岩崎の気持ち悪いお世辞に、美奈は久しぶりに声を出して笑った。

『シェフと市場へ行ってから出勤します』

朝起きてキッチンへ行くと、テーブルに美奈のメモがあった。

（ああ、新車自慢されとんやな）

頼子はそう思うと同時に、ランチ営業の仕込みは大丈夫なのかと店のことが気にかかった。美奈と岩崎が市場に行っているなら、残されるのは調理師としてのキャリアが一年と三ヶ月という坊主がひとり。寝坊してたびたび遅刻する男だ。朝は業者の配達もある。店に誰もいなければ荷物の受け取りもできない。

頼子はそのメモを見ると、いつもより早めに身支度を済ませて部屋を出た。外廊下は風通しが悪く蒸し暑い。思わず「うっ」と声が漏れる。近くにベンチひとつの小さな公園があるくらいの街中だというのに、蝉しぐれが騒々しい。頼子はノースリーブのカットソーに麻のカーディガンを羽織って黒い日傘を腕に引っかけた。

マンションのエントランスを背にして右に行けば、以前美奈が暮らしていたマンションが立つ路地に出る。ここをぬけてもうひとつ向こうの通りへ出ると『レストラン・タブリエ』の看板が見える。三センチヒールのポインテッドトゥパンプスを鳴らして、頼子は店に向かう。

店に着くとまず、頼子は厨房へ通じる裏口へ向かった。合い鍵を使わなくても店の裏口のノブが回ったので、頼子はひとまず安心した。坊主は出勤しているようだ。

薄いアルミ扉を引くと目の前にはステンレス製の大きな業務用冷蔵庫と冷凍ストッカー。そのそばにある作業台の上に輸入業者の伝票があって、意外に達筆な坊主のサインが読める。キッチンを見渡すと、洗浄機の隣の水場で作業している坊主の姿があった。

狭い所だし、扉の開く音だってしただろうに、坊主は頼子が厨房に入っても見向きもしない。大きなボウルにざぶざぶと水道の水を落として、サニーレタスを洗っている。頼子はその後ろ姿に「おはよう」と声をかけた。坊主は肩をすくめるようにしてゆっくり振り返り、頼子に小さく頭を下げた。

「これ、火が強すぎちゃう？」

コンロの前を通りながら頼子は鍋を指さす。

火にかけられた片手鍋がごぼごぼと沸き立っている。湯の中に踊っているのはジャガイモか。時々コンロの脇へお湯が飛び散って、ジュッと音を出して蒸発していく。

火にかけたことを忘れていたのだろう。坊主は慌ててガスコンロの点火ツマミを縦に戻した。火を止めてからも坊主はしばらく鍋の取っ手を握ったり放したり意味のなさそうな動きを繰り返し、最後はコック帽の上から頭を抱えた。

「自分もドジやけど」と前置きしてから話す美奈によると、坊主はとにかく同じ失敗を繰り返すらしい。岩崎にバレたらまたひどい目にあうだろうと、美奈はこっそり注意するらしいのだが、それが坊主の心に響かないようだ。坊主には「次こそは失敗すまい」という覇気がない。

美奈と岩崎が市場から戻ったのは八時半過ぎだった。市場で買ったものを車から降ろすと、美奈はトイレでコックコートに着替えてレストランホールに姿を現した。

「おはようございますっ、頼子さんっ」

美奈の声がやけに明るく聞こえて、頼子はタオルウォーマーにおしぼりを補充していた手を止めた。

「おはよう、美奈」

いつものようにはにかむ美奈。頼子は逆光の中の美奈の顔を見直す。目元の赤さは気のせいだろうか。

「頼子さん、キッチンのメモ、読みました？」

「うん、読んだで。今朝急に決まったん？　新車ドライブ」

「そうなんです。シェフの気まぐれで。芳香剤がきつくて酔いそうでした。買い出しには不向きな車ですよ、あれは」

やれやれ、といった様子で美奈はコックコートの袖をまくった。腕にある無数の火傷の跡が露わになる。

「坊主には朝メールで慌てて知らせたんですけど、……あいつ、頼子さんより先に来てました？　寝坊してませんでした？」

「うん、寝坊はしてなかったみたいやで。でも、なんか失敗はしてたんちゃう？」

「ああ、ジャガイモですね。さっき見ました。皮をはじけさせへんように茹でなあかんのに、また強火でボコボコ茹でたみたいで……。芋がボロボロやったんで、今やり直しさせています。私の伝え方が悪いんかな。何度言うても、私が見てへんかったら失敗するんです。早く終わらそうとするから火が強くなるんですよね……。もっと私がきつく言わなダメですね」

美奈の言葉数の多さも、元気がよすぎる口調も、どこかわざとらしい。頼子がまじまじと見返すと美奈は不自然に目を逸らした。そうか、笑っていないのか。

「なにかあったん」

「いえ、なにも」

美奈は頼子と視線を合わせないまま、白いタブリエの腰ひもをきつく締め直した。

「ただ私、今まで自分のことでいっぱいいっぱいで、後輩を育てる努力してへんかったなぁと思って。これからは自分が成長するためにも、坊主にも厳しくします。もっと責任もって仕事してもらわな、ちっとも仕事譲られへんし……。鍛えます」

突然の決意表明はますます市場でなにかあったことをにおわせた。

「実は来月からランチメニュー、私に考えさせてもらえるみたいなんです」

「メニューを？　すごいやん。でも仕事の量がまた増えるな。大丈夫なん？」

「そやから、今のままでは無理なんで、なんとか坊主に気合入れさせます。私は私の仕事に集中したいし。今日かて坊主ひとりじゃ最低限の仕込みもままならん感じで……。あ、ほな、急いで今日の仕込みしますね」

「ああ、うん。頑張って」

なぜ岩崎は美奈にランチを任せると言いだしたのだろう。美奈がステップアップすることは望ましいことだ。しかし「後輩を育てる」と言っても、肝心の相手があれでは……。

美奈が消えた厨房の入り口を眺めたまま手を動かしたら、熱くなったタオルウォーマーの金具に指が触れてしまった。その瞬間、頼子の持っていた白いおしぼりがひとつドリンクカウンターの外側へ落ちた。

床に広がったおしぼりは雑巾と変わらへんな。頼子はそんなことを考えながらおしぼりを拾った。

朝のジャガイモの失敗のあとも坊主の仕事は散々だった。レタスや水菜などサラダ用の葉っぱは洗い方も痛んだ部分を取り除くのもいい加減で、「やり直せ」と岩崎に蹴られていた。

ランチの忙しいさなかに坊主がバケットの数をまちがえて切って客に配ってしまい、バケットが足りなくなった。おかげでホールのアルバイトをパン屋に走らせる羽目になり、その間頼子は満席のホールをひとりで回さねばならず、てんてこ舞いになってしまった。

「今日のランチはすみませんでした」

仕事終わりに、美奈が坊主を従えて頼子に頭を下げてきた。

「いや、ええよ。なんとか回ったし、美奈が謝ることでもないやん」

美奈が眉根を寄せ、ちらりと坊主の顔を見る。肝心の坊主はなにも言わない。エサを探して首を動かす鶏みたいに、浅いお辞儀を反復するだけだ。

「もっと私が注意して見とけばよかったんですけど」

「そんなもん、美奈かて忙しいのに。分からへんかったら坊主が自分でちゃんと確認せなあかんやろ」

「すみません」

「美奈が謝るとこちゃう」

「……すみません」

俯く美奈に頼子は大きな吐息をついた。

美奈は小さな体で毎日限界に近い労働量をこなしているのだ。「もっと厳しく、後輩を育てて」なんて、この坊主相手では並みの労力では済まないだろう。

「もうええから、今日は戸締りして終わりにしよ」

頼子は黒いタブリエを外して美奈を見る。

「私たち、もうちょっと残って作業していくので、頼子さん先帰っててください」

「まだなんか作業すんの」

「あの、これからのこともあるし、仕込みのこと今から坊主とふたりで確認しようと思ってるんです」

美奈の健気さが痛々しい。

「無理したらあかんで、美奈。私もなるべく早く切り上げて帰るつもりやし」

「はい。大丈夫です」

美奈は頷き、またいつもの泣きそうな笑顔を見せた。

◇◇◇◇

どんな分野においても、見習いの仕事は楽しいものではないだろう。料理人の世界も例にもれずである。美奈は「坊主」と呼ばれる見習いの立場で長い間働いてきたからよく知っている。坊主の仕事なんて、ひたすら仕込みと皿洗いだ。

坊主は朝一番に出勤して店の鍵を開け、厨房に入る。

洗浄機をセットし、前日に漂白剤に浸けておいたダスターをゆすいで、ポジションごとに必要な道具が揃っているかを確認。各場所の調味料なども不足があれば補充する。在庫と予約状況を照らし合わせ、必要だと判断した分だけサラダ用の葉っぱやハーブを千切る。たまねぎとエシャロットはみじん切りにして、つけ合わせの野菜のカットなどはそれぞれ指示された大きさと切り方で用意する。下茹でをするように言われているものはそれも用意する。

シェフやほかの料理人が出勤するまでに、坊主は最低でもここまでの作業を終えておく。そこからは先輩から仕事をもらえるように動かなければならない。先輩に「任せてみようか」と思わせるには日々の仕事を信頼してもらって「やる気」を買ってもらうのだ。

美奈はこのアピールが下手だった。前の店では同期が三人いた。決してやる気で負けていたとは思わなかったが、決まったポジションを与えられたのは同期の中で一番遅かった。

過去に『レストラン・タブリエ』で働いていた坊主たちはみんな岩崎の暴力に負けて、やる気を見せる前に消えていった。美奈は二年半の間に辞めていった坊主の名前を誰ひとり思い出せない。今まで坊主の存在に頼ることなく仕事をしてきた。美奈ひとりが少し早く出勤すれば店は問題なく回る。教える手間がない分、その方が楽だとさえ思っていた。

しかし、いつまでもそうしていられなくなったのだ。

「お前、来月から月替わりのランチコースメニュー考えろ」

市場の帰り、岩崎が車の中で美奈に言った。突然のことで、答える美奈の声は上滑りした。

「わ、わ、私が、ですか」

「原価率を考えて、ランチで出せる程度のメニュー組んでみぃ。あんまり凝ったソースにすんなよ、時間に追われてしゃあない」

岩崎は岩崎なりに考えてくれていたのだろうか。美奈は料理人としてのステップを上るチャンスをもらえたように感じた。それには今までのように坊主の仕事まではやっていられなくなる。美奈は自分の仕事に集中しなければならない。これからひと月のうちに、なんとか坊主を育てて使えるようにしなくては。

今、美奈のもとで働いている坊主は小瀬という。遅刻が多く、すぐに手を抜くので安心して仕事を任せられない。向上する意欲は感じられないのに、なぜか小瀬は店を辞めない。

(私が悪いんやな、たぶん)

美奈は小瀬の遅刻やミスを見逃し過ぎた。小瀬をかばったわけではない。注意するのが面倒くさかった。それが小瀬を甘えさせる原因になったと美奈は今ごろ気づいた。教えることからも叱ることからも逃げてはいられない。要領の悪い小瀬を育てることで、美奈も一人前の料理人になれる。

調理台の上にB5のキャンパスノートを広げ、美奈は坊主の朝の仕事を箇条書きにした。

「最低でも、ここまではいちいち指示せんでもひとりでやっておいてほしいねん」

言いながら美奈は、ボールペンの先でノートの最後の文字を指す。

「いつも言うてるけど、芋は皮をはじけさせんように茹でへんかったら旨味が全部湯の中に逃げてまうんやで。水っぽくなるし、それで作ったピューレとか美味しいわけないやん。温度を上げ過ぎんように気をつけへんと」

小瀬が溜め息のような返事をする。美奈は視線を尖らせてその顔を見上げた。「早く帰らせろ」という表情だ。

美奈は苦々しい気持ちでさらに小瀬を睨んだ。

「なぁ、小瀬君、なんでノートに記録せぇへんの」

「はぁ、記録」

そんな言葉は初めて聞いたとでも言いそうな声だ。

「私が仕込み中にノート開いているところは見たことあるやろ」

美奈はタブリエのポケットから手のひらサイズのリングノートを取り出す。赤い表紙はプラスチック製で、半分ぐらい書き込んである。なにをこぼしたのか忘れたが茶色のシミがところどころに飛び散って汚れている。美奈は書き込んである部分を適当に開いて小瀬に見せた。

「えーと、これは羊の料理の盛りつけのことが書いてあるページやな。これ、試作のときに料理の絵を描いてん。絵にしといたらつけ合わせはなんだったか、どこにのせればいいか、とか、いちいちシェフに確認せんでもええやん」

「はぁ、そうですか」

感情のこもらない小瀬の相槌は気にせず、別のページをめくって続ける。

「これは新しいデセールのレシピ。分量とか手順のほかに、特に注意せなあかんこと、自分が忘れそうなことを書いとくねん。一度聞いただけで全部覚えられる人なんておれへんよ。そやからどこの店の料理人もだいたい皆こんな小さいメモ持って、忘れても誰にも聞かんでええようにいろいろ書きこんでおくねん。明日からノート持っておいで。私、このノートでもう十冊目なんやで。ほかのもずっととってある。そうや、見せてあげるからちょっと待ってて」

美奈はそう言って、捨てずに残してある古いノートを取りに倉庫に入った。

しかし倉庫から戻ってみると小瀬の姿はなかった。代わりに調理台の上には小瀬に預けていた店の裏口の鍵が置いてあった。

美奈は裏口の扉から外を窺う。細い通路の先、通用口の戸が開きっぱなしになって、夏の闇がひっそりと繋がっていた。

次の日の朝、小瀬は出勤してこなかった

「あんなカス、おらん方がマシやな」

岩崎は表情も変えずそう言って、小瀬の忘れていったコック帽を生ゴミ用のポリバケツに投げ捨てた。

それから一週間が過ぎると、小瀬という見習い坊主の存在すら初めからなかったように美奈は感じた。

美奈は小瀬がいたときよりも三十分早く出勤している。岩崎が市場から戻れば、今日仕入れた食材の処理が始まる。それまでにできる準備はすべて済ませておく。

営業の仕込みのほかに従業員のまかないも準備せねばならない。ディナータイムに備えるため、昼の休憩は削り、帰る時間も一時間ほど遅くなった。体力的には当然きつい。でも、それだけだ。美奈が自分の仕事をこなしながら処理できる程度、それが小瀬の力だ。

人がひとり減ったくらいで立ちゆかなくなる組織など話にならない。しかし存在の有無が多少は周りに影響を与えるくらいの仕事をしていたいと美奈は思う。市場で岩崎が河田に「こいつがおらんと店が回らん」と言った。少しは力を認めてもらえているのだろうか。岩崎にも手放すのを「惜しい」と思わせてやりたい。そういう料理人にならなければ。

ランチメニューを任せてもらえるチャンスを美奈は失いたくなかった。坊主の仕事を請け負ったままでも、なんとかコースメニューを考えて試作するつもりだ。

店の外で車のクラクションが響く。岩崎が市場の買いつけから帰った合図だ。

美奈はデセールを仕込む手を止め、砂糖でべたついた指先を洗う。ぬれた手をトーションで拭って、裏口から外へ出る。発泡スチロールの箱と段ボール箱が通路の入り口に二段重ねで積まれていた。今日は予約も少ないので買いつける食材も少ない。岩崎は既に荷物を降ろし終え、駐車場に向けて車を移動させていた。車は岩崎が以前から使っている白いバンだ。岩崎が市場へアウディで行ったのはあの一日だけだった。

ふと美奈が正面玄関の方へ目を向けると、店の中をうかがうように見ている人影があった。メニューや営業時間の問い合わせだろうか。まだ午前九時を回ったところで、ランチの営業時間までは二時間半ほどある。

美奈が声をかけようと近づくと、美奈の足音に気づいて影の主が振り返り、美奈に微笑みかけた。二十代半ばくらいか。美奈が遠目に見て予想していたよりもずっと背が高い。ジョギング中に店が気になったのだろうか。男が着ているのはスポーツメーカーのロゴ入りのTシャツとそろいのハーフパンツ。足元はレモンイエローのジョギングシューズで、首や腕、ふくらはぎには、鍛えられた筋肉の盛り上がりが見える。

男は首にかけた青いスポーツタオルでガシガシと顔の汗を拭く。大きな二重の眼に顎のしっかりした輪郭、口角の上がった大きめの口。体の威圧感と裏腹に若者らしい整った小顔。健康的でキラキラしていて爽やかで、美奈がこれまでにあまり触れ合ったことがないタイプの人なので気後れする。

「おはようございます」

腹から出されるよく通る声。とっさに返すことができなくて、美奈は首をすくめるように頭を下げた。

「すみません、朝からびっくりさせて。厨房の方ですか」

男は本当にすまなさそうに、男なりに身を縮めて美奈の顔を覗きこむ。

「い、いえ、こちらこそ……すみません。背が高い方だなぁって思って……ちょっと驚いて」

美奈は慌てて取り繕おうとしたがうまくいかず、ストレートな感想を言ってしまう。

「ええ、ほんま、無駄にでかくて」

男がニッと白い歯を見せる。

「いっ、いえ、すみませんっ、私こそ、無駄にチビで」

美奈の慌てぶりに男が目を細めて「あはは」と笑う。

「今日のランチ、一時ごろ席は空いていますか」

(あ、やっぱり席の予約か)

男が店を覗いていた理由がはっきりして、美奈は安心した。

「はい、今日はまだお席に余裕があります。何名様ですか」

美奈はタブリエのポケットからリングノートとノック式ボールペンを取りだす。

「あの、ひとりで……。俺、ひとりでもいいですか」

「あ、はい、もちろんです、おひとりでも……」

(もしかして同業者?)

予約してひとりで食事に来る若者といえばだいたい同業者だ。よその店の味やサービスを勉強するのは大切なことなので、ひとりで食事に行く料理人やサービス人は珍しくない。最近でこそ休みの日に頼子と一緒に他店に食事に行くこともあるが、以前は誘える相手がいなかったので美奈もよくひとりで食事に行った。

「それと、ディナーの料理もランチの時間に食べさせてもらうことってできますか。もちろん、アップ料金は構いませんので」

「ええ、大丈夫です。ディナーのメニューもご用意できます」

「ディナー」という単語の語尾が下がらない平板なイントネーションがますます同業者のにおいを濃くした。どこの店も大概ランチよりもディナーの料理の方に力を入れている。扱う食材にしてもソースにしても、店の味を知るにはディナータイムのメニューが一番だ。

まちがいなく同業者だと分かるのに、それを聞かないのはかえって失礼だろうか。考えながら、美奈はリングノートの上でボールペンを動かす。

「トオヤマです」

「え？」

「あ、俺の名前です……予約の」

「あ、ああ、すみません。そうですよね、お名前、トオヤマ様……」

「遠い近いの『遠』にマウンテンの『山』で遠山」

口の両端をグッと上げる満足そうな遠山の表情は愛嬌があって、美奈も思わずつられて笑顔を作ってしまう。一瞬笑い合うような恰好になって美奈を見下ろしていた遠山が、

「あ、ちょっと……ごめんなさい」

と、唐突に美奈の眉頭に指を伸ばしてきた。

美奈はとっさに目を閉じ、顎を引いた。

「蜘蛛の巣……じゃない、シュクレや」

美奈はおどおどと薄目を開ける。

グローブのように大きな遠山の手、親指と人差し指につままれた透明な糸のようなもの。それが日の光に当たってきらきら輝く。

シュクレはフランス語で砂糖を意味する。美奈は飴の糸、シュクレフィレを作っている途中だったことを思い出す。

「今日、ランチ、伺うの楽しみにしてます。よろしくお願いします」

そう言い残し、走り去る遠山の後ろ姿を美奈は見送る。

(サービスの人やろな、きっと)

ハツラツとして人懐こい雰囲気。彼が黒服を着てサービスをしたら、さぞモテることだろう。

同業者でも決して美奈と遠山の世界は交わることはない気がする。それでいい。陰気なモグラはあんな輝きにさらされ続けたら息苦しくなる。あれが別の店の人でよかった。

美奈は安堵の溜め息をついて、厨房へ向かう通路へと戻った。

3章　フォン・ド・ヴァライユと仲直りのマンジェ

「サラダ用の葉っぱ、洗い終えました」

後ろから威勢よく声をかけられて、美奈の体は強張った。

声の主は『レストラン・タブリエ』の厨房に勤めだして三日目の男。与えた仕事はサラダ用の野菜を洗い、傷んだ部分など取り除いて千切るという単純なものだが、美奈が見積もっていた時間よりも新人の作業は速かった。

「ほんなら、遠山さん、それを大きいタッパに入れてもらえますか」

チェストタイプの冷凍ストッカーの上部扉を引きあげながら、美奈は振り向かずに答えた。

「すみません、指示もらう前に入れてしまいました。あと、昨日教えてもらった通りにパセリをアッシェ（みじん切り）にしておきました。日付も入れてあります」

「そうですか」

（そうですか）

美奈は心でもう一度頷く。サラダ用の野菜を洗ってください、たったそのひと言だけでここまで作業が進む。仕事ができる人というのはそういうものなのか。

「ほんなら、次は……」

どの仕事を新人の遠山に任せればいいのか、美奈は腰より少し高い冷凍庫の中に頭を突っ込むような体勢で考える。エビの殻や鶏のガラの袋詰めや様々な出汁のストック、営業用の自家製アイスクリームのタッパ、岩崎が個人的に買ってきたソーダアイスバーの箱を動かす。

仕事の出来る新人が入れば、さぞ仕事の効率が上がるだろう。美奈は今まではまるでテレビショッピングの安っぽい売り文句を鵜呑みにするように考えていた。それが実際は、遠山の作業スピードが速すぎて、遠山に与える仕事を考えることに追われ、心のゆとりがなくなってしまっていた。賢い人間は一を聞いて十を知るなどというが、凡人の先輩にはいい迷惑だ。

思えば、今まで美奈の下についた見習いの坊主たちはそろいもそろって勘が働かない不器用な人間だった。自分の仕事を自分で生み出すことができずにいつも受け身で、その自信のなさからミスを招いて岩崎をいら立たせる。坊主に任せたことでかえって坊主のフォローに時間を取られることもよくあった。その度に溜め息を噛み殺して、「私もどんくさかったんやから」と坊主にも自分にも言い聞かせてきた。

けれど仕事覚えの早い新人が入って、美奈は改めて自分が「出来ない坊主」だったと思い知らされた。七つにカットするよう指示したバタールを真っぷたつに切ってしまう小瀬の頼りなさが、今となっては愛おしい気さえする。

「あの……玉ねぎをアッシェにしときましょうか」

遠山が遠慮がちに口を開く。先を越されたと、美奈は内心舌打ちする。

「そうですね。玉ねぎはアッシェ、エシャロットはシズレ、トマトはエモンデしておいてください」

美奈は焦りを隠して、愛想なく遠山に指示を出す。

アッシェはごく細かいみじん切りであるのに対して、シズレはごく小さい正方形に形をそろえて切ることを指し、エモンデはトマトの皮をむきガクの部分を取り除くという意味だ。

「はい！」

体育会系のはりきった返事をされるのが鬱陶しい。フランス料理の基礎用語をしっかり覚えているのもかわいげがない。調理師の専門学校を出てまだ一年経っていないというが、これまで基礎用語の意味を遠山から聞き返されたことはなかった。

遠山は迷うことなく速やかに作業に入る。その様子を肩越しに感じ、美奈は鶏の出汁、フォン・ド・ヴォライユの凍った真空パックを掴んでストッカーから顔を起こす。

（ストックの残りが少ないな……明日はフォン・ド・ヴォライユを仕込まなあかん）

今日はディナータイムの早い時間に団体客があるので、昼間に火口を独占するような大きな仕込みはできない。美奈は白いタブリエのポケットからリングノートを取り出して明日の日付と『fond de volaille 仕込み』と書き込んだ。

店ではフォン・ド・ヴォライユを、一週間から十日に一度、寸胴鍋いっぱいに仕込む。

フランス料理には、たっぷりの水で時間をかけて煮出すフォン、短時間で肉の旨味を取り出すジュ、魚のだし汁フュメなど、ソースやスープ、煮込み料理のベースとなる出汁が欠かせない。

オマールエビなどの煮出し過ぎるとえぐみが出てしまう甲殻類のフォンもあれば、仔牛の出汁、フォン・ド・ヴォーのように煮出すだけで十二時間もかかるものもある。それぞれのストックを切らさないように日々注意して、予約状況を見ながら仕込みの段取りをつける。

ノートを閉じようとすると、最後のページがリングの針金に引っかかった。

『遠山様　一名　ランチ、一時、ディナーの料理も』

美奈はそのページをノートから引きちぎり、生ゴミが入った蓋つきのポリバケツに捨てた。

「おう、遠山、調子はどうや」

裏口から、淡いブルーのかりゆしシャツを着た岩崎が入ってきた。岩崎が「坊主」ではなくきちんと名前で呼ぶ新人は、この遠山が初めてだ。

「美奈、遠山を使えとるんか」

「遠山さん、作業が速くて丁寧で……助かってます。私の方が追いつけへん感じです」

強い嫉妬心を自覚している。それが声に滲んでしまわないように注意して、美奈はゆっくり言葉をつないだ。

「なんでお前が後輩に『さん付け』しとんねん。遠山より四つも年上やしキャリアも長いんやろが。しっかりせぇよ」

「俺からもお願いします。呼び捨てで構いません」

遠山が口を挟む。

「分かりました。さん付けはやめます」

美奈は流しの下の収納からステンレス製の角型の蓋つき容器、ポットを少し乱暴に引き出す。大きなポットの中に大きさちがいのポットがマトリョーシカのごとく収納されているので、ステンレス同士がぶつかってガンガンと騒がしく鳴った。内側から三つめのポットを取り出して食品用の除菌スプレーを吹きつける。

溶け始めたフォン・ド・ヴォライユの真空パックの表面の水気を拭き取り、キッチンバサミでパックの口を開けた。シャーベット状のそれをこぼさぬようにポットに入れる。

美奈が真空パックのゴミを手に持っていると、遠山は「捨てますよ」と大きな手を差し出してきた。美奈はそれを「ええよ」と退け、空になった袋をポリバケツに投げ入れた。先ほど捨てたノートの切れ端が下敷きになって生ゴミに埋もれていく。

「遠山、うちに来たからには、ええ料理人になれ。お前は割と要領がよさそうや。うちの坊主には珍しい。美奈さんなんぞ最初ひどかったんやで。どんくさくてな」

　わざとらしい「さん付け」で岩崎に皮肉られて、美奈は唇をかんだ。

「美奈は、俺んとこやなかったらこないに使える料理人になれてへん。それくらいどうしようもなかったんやで。オーブンから出したてのあっつあつのグラタン皿を素手で摑みよって皿ごと料理を落としたり、な。アホみたいな失敗しよるからよう蹴っとる」

「蹴るんですか？　女の人でも」

「うちは女も男もないで。女でも男でもしょうもないミスしよったら俺は蹴るし殴るで。覚悟しとけ」

「わ、分かりました」

「お前は特に、前の店が承知せんのに無理やり引っ張ったんやしな。半端なことやったらほんま許さへんからな」

　遠山が気まずそうに目を伏せた。

　遠山はこれまで、高級フレンチ店のホールでサービスをしていたという。遠山が『レストラン・タブリエ』へ食事に来たあの日、岩崎はひと言ふた言を交わしただけで遠山を気に入った。ランチで来店していたほかの客が帰ったあと、遠山を厨房の中まで招き入れた。

「こんな狭い厨房で、こんなちっこいねぇちゃんとふたりで、あんな上等な料理が出せるんやで」

それから数日、ディナーの最後の料理を出し終わると、岩崎は梅田にある遠山の勤め先まで通った。頼子の話では、最終的に岩崎が半ば強引に遠山を引き抜いたという。

なぜ今、そこまでしてサービスの人間を連れてくるのか疑問だったが、あの男――遠山が、白いシャツに黒いタブリエをつけてホールに立つ姿を想像するのは悪くなかった。

(頼子さんとふたりでサービスしたら、かっこええやろうな)

だからコックコートを着た遠山に対面したとき、美奈は驚きのあまり挨拶の言葉も出なかった。大きな体を折り曲げて「よろしくお願いします」と頭を下げられても、すぐには事態が把握できず混乱した。

「サービスの人とちがうんですか?」

「おう、そうや、厨房希望の、な」

遠山ではなく岩崎が返事をした。

「従業員が無駄に多い店は料理人に回り道させせよんねん。あの店は、入社一年目は皆ホールスタートらしいわ」

入社一年目にしては、遠山は貫禄がある。

「俺、ちょっと遠回りしたんで、そんなに若くないんです」

美奈の疑問を感じ取って遠山が答えた。

早く料理人としてスタートしたかった遠山と、今すぐ使えそうな坊主を探していた岩崎が出会って、こういうことになったらしい。

「美奈、デセールのレシピを遠山に渡したれ。今日から遠山がデセール担当や」

　美奈は耳を疑った。

「お、俺ですか？」

「なんや、嫌なんかい」

「いえっ、とんでもないです、頑張ります」

　やる気に満ちてキラキラした遠山の横顔。奥歯をかむと、美奈の乾いた口の中に苦い唾液がわいた。

　店への要望として、デセールメニューの充実を求める声があることは頼子から聞いていた。三つのランチのコースのほかに、ディナーメニューの四種の前菜と六つのメインディッシュ、そして三種類のデザート。美奈と岩崎ふたりの厨房では、これだけ仕込むのが限界だ。ランチは月ごとに、ディナーも一ヶ月半から二ヶ月ごとに変えている。

　デセールのメニューはクレームブリュレとアイスクリーム、季節のデザートの三択だが、ブリュレとアイスクリームは固定メニューだ。繰り返し来店してくれる客が新しいデザートを求めるのは分かる。

　しかし、だからといって、コックコートを着てたった三日の新人に任せるなんて。こんな簡単にレシピを譲れと言われるとは思ってもみなかった。美奈が岩崎のもとで働き始めて最初に教えてもらったレシピは何種類かのドレッシングだ。ブリュレのレシピを教えてもらったり、デセールの全てを任せてもらったのはいつだったたか。

正直に言えば、美奈は遠山にどの仕事をさせたらいいのか分からなかったわけではない。どれも遠山に奪われたくなかっただけだ。仕事覚えもよくて器用な遠山はきっと美奈が仕事を与えれば与えただけすぐに自分のものにしていく。美奈はそれに怯えていた。

岩崎は今まで坊主に自分から仕事を教えることはあまりなかった。坊主への仕事はいつも美奈を通して指示していた。それなのに遠山は、やはり素質があるということだろうか。岩崎は美奈の遠山への嫉妬心を見抜き、美奈には委ねられないと判断したのか。

美奈は握った掌にじっとりと汗をかいていた。

「遠山にデセールさせる」

岩崎から上機嫌にそれを伝えられたとき、頼子は驚いた。

「たしかに勘のよさそうな子やなとは思いますすけど、そんなすぐにデセールを任せられそうなんですか」

「デセールで重要なんは、感性よりまず正確さや。レシピがよけりゃあとは正確に計量するだけでまちがいなくうまいもんができる。有名シェフが出したデセールレシピ本で、たまに聞くやろ。『本の通りにやってみたけど、やっぱりプロのようにはできませんでした』

て。ちゃうねん。あれはそのシェフが、レシピをてめぇが作るときと変えて本にのせとるんや」

「え、そうなんですか」

「まったく経験ない奴が作るんやったら別やが、そもそもプロ仕様のレシピを買うような奴はある程度デセールを作り慣れとる奴やろ。そういう人間がレシピ通りに作って、そない下手なもんにはならんはずや」

推測ではなく断定の形で言葉を重ねる岩崎の話は説得力がある。岩崎の人間性を信頼しているわけではないのに、妙に納得させられてしまう。

「そやから遠山のデセール担当は、まぁ問題ない。問題は美奈や。あいつにはランチを任せる予定やけど、いかんせん自分に自信がない。あいつがアホみたいに仕事を詰めてやろうとするんはそのせいや。動いてないと不安なんや。遠山にも先行かれるんちゃうかとビビっとるやろ。どんだけキャリアの差があると思っとんねん」

普段はおっとりしている美奈が、遠山の前ではピリピリしているのは頼子も気づいていた。

「せっかく使える後輩ができたんや。使こてなんぼや。それに気づいて美奈がランチ回せるようになりゃ俺も、もっと楽できる」

岩崎は約束通り美奈にランチを任せようとしている。遠山に対して頑になっている心をほぐしてやれば、美奈は料理人として成長でき、遠山ももっと仕事がしやすくなるだろう。

ひと肌脱いでやる必要があるな、と頼子は白シャツの袖口をまくりあげた。

（飲みにでも連れていくか）

仕事終わりに早速、頼子は遠山と美奈をワインバー「ミティック」に誘った。

正方形のすりガラスがはめ込まれた木製のドアを引くと、アンティーク調のドアベルがガランガランと低い音で鳴る。

その音に気づいて、店の奥のカウンターにいるスキンヘッドの男が頼子の方へ視線を向けた。「いらっしゃい」という代わりに右手を上げる、オーナーの南だ。南は以前ホテルのレストランでソムリエとして働いていた。小太りで頭はつるつる、五十歳のおじさんだが元ホテルマンらしく姿勢がいい。

ミティックの店内には、形がまちまちのアンティークのソファとテーブルが十セットほど置いてあり、葉の大きな南国っぽい観葉植物が客席の仕切り代わりにところどころに飾られている。店全体の明かりは薄暗いが、天井から様々な色や形のライトがぶら下がっていて柔らかな光を灯す。

頼子のソムリエ仲間が集まるワイン勉強会は、南の厚意で、ここで開かせてもらっている。頼子は勉強会に参加するときはいつも奥のカウンター席に座るが、今日は遠山と美奈と一番入り口に近いソファ席に座った。

「遠山君、レストラン・タブリエへようこそー、かんぱーい！」

「あ、どうも、ありがとうございます。よろしくお願いします」

頼子が掲げたビアグラスに遠山が自分のビアグラスを寄せる。美奈は一拍遅れてサングリアの入ったロックグラスを持ち上げた。頼子と並んで座るあずき色のアンティークソファに、思いのほか深く沈んだ腰が上がりにくかったらしい。

乾杯の音頭に間に合わなかったことに美奈がきまり悪そうに少し顔をしかめたのを頼子は見逃さなかった。こういうタイミングの合わなさとか少しドジなところがかわいらしいと頼子は思うのだが、美奈はそういう自分が許せないようだ。遠山の前では失敗したくないと気負いも透ける。

遠山はそんな美奈に気づいているだろうか。美奈と頼子の二人がけソファが面しているローテーブル。その狭い方の面に向かって置かれた一人がけのソファに遠山は腰をかけてビアグラスを傾けている。ビールが喉を通ると喉仏が動く。がっしりと太い首が、年齢よりも少し若く見える遠山の顔に男らしさを補っている。性格も温和そうだし、非の打ちどころのない男だ。これをライバル視したところでなんの得にもならないと頼子は思う。

（もっと素直に受け入れることができたらええのに）

口に出せない美奈へのアドバイスも一緒に、頼子はビールを喉に流し込んだ。

「遠山君はお酒どうなん」

「まぁ、人並みです、たぶん。いま兄貴のマンションに居候してるんですけど、兄貴がめちゃくちゃ飲むんですよ。そやから『人並み』の基準がずれとるかもしれへんのですけど」

「こっちにお兄さんがおるんや。だからすぐにタブリエで働けたんやな。こんな早く住むとこって決まるもんかなって思っててん」

頼子の言葉に美奈は同意の意を表して深い瞬きをする。

「たまたま兄がこっちのアパレルの会社に勤めてまして。タブリエに飯食いに来た日も兄んとこに泊めてもらってたんですよ。すぐに働きたかったんで身ひとつで転がり込みました。なんでも借りられて便利です。服もようけ持っとるし」

遠山が着ているTシャツの裾を引っ張って見せる。男前はなにを着ても様になるのだろうが、さすがアパレル勤務のお兄さんから譲り受けたものだ。脇に別布の切り替えが入ったグレーのTシャツは嫌味なく「適当に」おしゃれだ。

美奈は知らん顔で膝に開いたフードメニューに見入っている。顔を上げたかと思えば、カウンターを振り返って中腰で立ち上がり、片手を上げてオーナーの南に合図を送った。

「つまむもの、あった方がいいですよね、適当に頼みますね。ドリンクも追加注文しときますか」

美奈のマイペースは今に始まったことではないし、美奈なりに考えて酒のつまみの配慮をしようとしているのだろう。

オーダーを取りにきたのは南ではなく、客であるはずの次郎だった。胸にでかでかとビール会社のロゴが入った黒いTシャツに膝の薄くなったジーンズを着ている。この店の店員にしてはラフすぎる。

「次郎さん、転職したの？」

頼子は次郎を見上げて笑った。

「アホか。バイトの子を遣いに出しとって人がおらんから、俺が代わりに……。お、男前も来てるやん、いらっしゃい。……歓迎会？」

次郎は美奈に向かってたずねた。美奈は話しかけられるとは思っていなかったようで、

「は、はい」と上ずった声で答えた。

「美奈は人に慣れるのに時間かかるねん。おっとりしとんねんけど」

頼子は新しいペットの飼い方でも説明するような口調で言って遠山を見た。遠山が少しほっとしたような表情を見せたのは気のせいではないはずだ。

「頼ちゃんが美奈ちゃんと一緒に暮らすって紹介してくれたとき、俺、驚いたんや。まったくタイプちゃうし。そやけど、合うんやな、意外に」

次郎が腕組みして満足そうに頷く。

「よ、頼子さんと次郎さんも合ってると思いますけど」

美奈が珍しく会話に入って意外なことを言うので、頼子と次郎は思わず横目で見合った。

「私ら知り合って長いから。私、昔付き合ってた人のこととか、よく次郎さんに相談とかしとったし」

「なぁ、ひどいやろ？　俺なんかまったく眼中にないいうこっちゃ。頼ちゃんには俺の魅力が分かれへんのよ」

「その頃結婚しとったやろ、次郎さん」

「そうやった。そうやった」

次郎が豪快に笑い、美奈が読み上げるフードメニューのオーダーをメモ用紙に書きつけて、カウンターへ戻っていった。ドリンクは次郎が遠山の歓迎祝いに一本ワインを奢ってくれるというのでごちそうになることにした。

次郎の魅力が分からないわけではない。だからといって、「それじゃあ付き合いましょうか」というのはちがう気がする。お互いに別の人を想っていた時期があるのだ。その間、頼子は次郎のことなどまったく考えていなかったから平気で相談できた。たぶん、それは次郎も同じはずだ。

「遠山君は、彼女は？」

「え、あ、俺ですか？　今はいません」

「こっち来るから別れちゃった？」

「いえ、もう、ずっと前に、この仕事するって決めたときから」

「お、そうなんや。遠山君て、今……二十四やっけ？」

「はい、秋には二十五になります。二十一のときに大学を中退して二年、料理の専門学校に行ったんで」

遠山は質問すれば素直に答える。

「大学って？」

出てきた学校の名前が想像以上に難関校だったので、興味なさそうに黙って聞いていた美奈もテーブルにカトラリーをセッティングする手を止めた。

「えーっ、なんで？　もったいない」

頼子は遠山の方へ身をのり出した。

「いや、それは、やりたいことではなかったんで」

「やりたくないのに、受験したん？」

おそらく、この質問は学校を辞めようと決めたときから幾度となく受けてきたにちがいない。ふっと鼻から息を漏らしてはにかむ遠山からそういう色が見えた。

「俺、子どものころからずっとラグビーしていて。そこの大学、ラグビーが有名なんですよね。そやからラグビーがやりたくてその大学を選んで、学部関係なく受けられるだけ受験して、引っかかったのがたまたま文学部で。古典とかまったく興味ないのに。それでも入れたからうれしかったんですけど、ちょっと首を痛めてしもてラグビー続けられんようになってしまって……」

「そうなんや……。でも学校まで辞めんでもよかったんちゃう？」

「もったいない」と頼子が続けられなかったのは、そう言われることを仕方なく待っているという遠山の俯いた顔に気づいたからだ。

「見たくなくなったんや、ラグビー」

そう言い切ったのは、美奈だった。

頼子も遠山も意外なところからひょいと投げられたボールに驚きながら、美奈から差し出された取り皿を黙って受け取った。

「プレイヤーやなければ、残ってラグビーに携わっていけることはあったと思います。そやけど……」

「それは嫌やったん？　学校辞めてまうほど」

頼子はエリートコースを自分から手放してしまうことに他人事ながらやはり後ろ髪を引かれる。それを強く否定したのは美奈だ。

「辞めますよ、それは。興味ない学部ですよ？　やりたいスポーツのためにたまたま勉強することになった学部なんて、残りたないです、私やったとしても。……好きなことはもうできへんのに。自分は必要とされてなくて、ただ見てるだけなんて苦しいだけです。頑張ったらまたできるようになるならええけど……」

「俺も美奈さんが言う通り、もうラグビーできへんと思ったら悔しくて見たくなくなりました。大学を辞めたことは後悔してません。今はほかにやりたいことが見つかりましたし」

美奈は励ますでもなく黙って首を縦に動かした。遠山の考える「ほかにやりたいこと」が料理でなかったら、一緒に働くのでなかったら、美奈はもっと遠山にエールを送っただろうか。

目指すものに向かう美奈と遠山のまっすぐな熱さは結構似ているのかもしれない。三流の大学をなんとなく卒業して今を生きている頼子には、まだ遠山の学歴がもったいないと思う気持ちがぬぐえない。

一番ダメなのは、なにに対しても熱くなりきれない自分だろう。輝いている人を見たら羨ましくて仕方ないくせに、なにかに夢中になって突き進むことはない。テーブルにマグロのカルパッチョとワイングラスが運ばれるのを、頼子は少しぼやけた視界で眺めた。

次々運ばれてくる料理を美奈と遠山がふたりで手際よく皿に取り分けた。会話を弾ませるわけでもないが、皿やカトラリーを動かす息は合っている。余計な世話を焼かなくても美奈と遠山の仲は大丈夫だったかもしれない。二度目の乾杯のグラスを掲げながら、頼子はそう思った。

◇◇◇◇

飲み会明けで、少し体が重い。美奈はたいして酒を飲むわけではないが、外で飲むのは気を遣うし時間も取られる。

今日は鶏の出汁、フォン・ド・ヴォライユを仕込まなければならない。出勤したのは遠山とほぼ同時で、互いに「昨日はお疲れ様」と簡単に挨拶してコックコートに着替えた。

遠山にはまず、いつも通りサラダ用の野菜の掃除やパセリや玉ねぎなどの刻み作業を進めてもらう。

「遠山君、いつもの下準備が全部終わったらデセールの作業を教えるから声かけてもらえますか」

「はい、ありがとうございます」

「今日は平日やし、予約もあんまりないんで、昨日より気持ち少なめに準備してください」

遠山は微笑むように口角を上げて返事をする。美奈は遠山の穏やかさにつられないように、なるべく表情に変化をつけない「素」を心がける。

遠山の挫折を知ったからといって態度を軟化させるなんて、恰好の悪いまねは決してしたくない。そうじゃない、と精一杯強情を張っている子どもが美奈の中にいる。

昨夜の仕事終わりに、岩崎からランチコースのメニュー案を次の休み明けに提出するように言われた。坊主が急に辞めてバタバタと過ぎていく日々に、岩崎は美奈にランチを任せる約束などすっかり忘れてしまっただろうと思っていた。近いうちに岩崎とその話をしなければと美奈が機会をうかがっているところに遠山が新しく入ってきて、美奈自身、ランチメニューを考えるところまで意識が回らなくなっていた。

そんななかで、岩崎が昨日突然思い出したように美奈にランチの話をふってきた。

「お前はランチに専念しろ。ええか、遠山に任せられる下準備とデセールは任せろ。アホみたいな意地を張るな」

という言葉を添えて。

岩崎に悟られてしまうほどに美奈の感情は外に漏れていた。そしてそれをちがうと否定できないこともきまりが悪かった。

複雑な思いが絡み、もつれて、美奈は遠山への対応の仕方がますます分からなくなっている。

（とりあえず、デセールの作業は遠山君に譲る。そやけど、フォン・ド・ヴォライユは自分で全部やろう）

それだけを決めて、美奈は仕事に向かうことにした。

フォン・ド・ヴォライユは透明さが肝心だ。臭みのない白い出汁になるように、材料の鶏ガラとひね鶏（老鶏）は脂肪や血の塊を丁寧に洗い流し七センチくらいのぶつ切りにする。水と一緒に寸胴鍋に入れて強火にかけ、灰汁をすくって弱火にして、焦がした玉ねぎや香味野菜、香草を束ねたブーケガルニと粗塩を加える。これをごく弱火にかけ、蒸発した分の熱湯を足すなどして四時間ほど煮込む。

フォン・ド・ヴォライユの鍋が営業中に邪魔にならないように一番奥の火口にそれをかけることになっている。寸胴鍋はそれだけで四、五キロの重量がある。そこにおよそ八キロの鶏ガラとひね鶏、一キロほどの香味野菜、十五リットルの水が入っているのだから少しの距離を動かすのもひと苦労だ。

「あ、俺やりますよ」

遠山が横から手を添えようとしたときには、美奈はなんとかひとりで鍋を移動し終えていた。

「大丈夫です、ありがとう。もう下準備は終わります？」

「はい。あとは芋を火にかけるところです。その間にデセールの作業ありますか？」

「ほな、マンゴーソルベをやりましょうか。ソルベの機械が洗浄機の向こうの棚に入ってるんで持ってきてもらえます？　ちょっと重いんで気をつけて」

そう伝えると、遠山は軽々と機械を抱えて持ってきて、作業台の上にのせた。美奈は冷蔵庫と調理台の脚の間に畳んで入れてある折りたたみのステップを出して、調理台の上の棚の引き戸を開ける。

「えっと……あ、これや」

B5サイズの黄ばんだキャンパスノート。その表紙を遠山に見せながらステップを下りた。

「ここにデセールのレシピ書いてあるんです」

「うわ～、レシピ、写さしてもらってええんですか」

「ええ、これからデセール担当しはるんやし」

嫌だとは言えない。言いたいけれど。

遠山は目を輝かせてデセールレシピのノートのページをめくっている。

美奈は棚の戸を閉め忘れたことを思い出し、「あ」と顎を上へ向けた。もう一度ステップに足をかけて登ろうとすると、横から遠山が手を伸ばして美奈の締め忘れた戸を難なくスライドさせる。ステップの高さは三十センチ。その上に立った美奈よりさらに遠山は背が高いという事実に美奈はショックを受けた。

　重い物や高いところにある物を移動させるのに使う時間と労力。小さなことのようだが積み重なれば、体格の差はまちがいなく仕事に影響してくる気がする。

（こんな作業もこの人には要らへんのか）

　と恨めしく思う。これほど恵まれた体と器用な指先を持っている上に頭までいいなんて。美奈には依然として遠山をひがむ気持ちが消えずにくすぶっていた。


　遠山がマンゴーソルベの材料を機械に入れて回し、ピューレ用のジャガイモを火にかけている間に、美奈は岩崎の仕入れてきたスズキを捌く。鱗を鱗取りでしっかり落とし、二枚のフィレにする。まな板に並べたスズキのフィレの小骨をステンレスの骨抜きで抜いていると、

「美奈さん、マンゴーソルベ、回し終わったんで出してみていいですか」

　と遠山にたずねられた。

「ああ、はい。丸型のポットを消毒してそこにソルベを入れてもらえますか」

　美奈の手はスズキのせいで生臭い。デセールの作業を手伝うのははばかられるので、声だけで指示する。

「ソルベ、少し硬くて……出すとき力が要ると思います、思い切り引っ張って」

　美奈が言い終わるまでに、遠山は「ああ、ほんまや。ちょっと硬いですね」と片手でソ

ルベの塊を引き抜いた。美奈はそれを片手で持ち上げたことはなかった。いつもソルベを回すバーの持ち手を両手で支え、全身の力を振り絞って苦労して取り出す。ソルベを機械から出したあとは、力を振り絞り過ぎてしばらく握力が入らない。

男である遠山との体力の差は大きい。美奈はただでさえ小柄で力が弱い。年齢を重ねていけば女である美奈の体力はますます下がっていくばかりだろうが、遠山はまだまだこの先しばらくは衰えなど知らずにやっていけるだろう。

まくったコックコートの袖からのぞく筋肉の発達した腕、厚みのある力強い手でスパチュラというシリコン製ヘラを使い、丁寧に機械のバーからソルベを剝がしてステンレスの丸型ポットへ移す。黄色いマンゴーソルベが金貨の塊のようにつやつやと光ってみえる。

全て移し終えると、遠山はスパチュラをスプーンに持ちかえてソルベをひと口分すくった。うっかり遠山の手の動きに見とれていた美奈の目の前に、スプーンにのせられたひと口のソルベが運ばれてくるのはスローモーションの映像のようだった。

仰ぎ見ると、遠山が歯を見せていたずらっぽく笑っていた。そして美奈の薄く開いた口にはスプーンが軽く押し込まれていた。

「味、オッケーですか？」

はじけるようなマンゴーの甘みと酸味が美奈の口の中で開く。ソルベは口当たり滑らかで、すぐにトロリと舌の上で溶けてなくなった。

「うん、美味しい」

「よかった」

遠山は美奈の口に入れたスプーンを洗い物籠に入れて、別のスプーンを持ち替えて自分もひと口味見した。

「ちゃんとできてる」

満足そうに遠山が目を細める。誰も敵に回すことがなさそうな無敵のスマイル。

「ポットに日付を書いてストッカーに入れておきますね」

ソルベなんて、材料を分量通り入れて機械を回したらたぶん誰にでもできる。レシピが同じなら誰が作ったって同じ味になる。そんなの当たり前だ。でも――。遠山はなにか美味しいものを作る別の力を持っている気がする。

(なんかずるい)


今日のランチの営業は客の入りが芳しくなかった。二時のラストオーダーを待たずして最後の客が帰ってしまい、ランチタイムは早めのクローズとなった。店の売り上げとしては喜ぶべきことではないが、フォンの仕込みが入っている日の営業が落ち着いているのは美奈にとってはありがたいことだ。

ランチタイムの間に炊いていたフォン・ド・ヴォライユをじっくり仕上げていける。これから鍋を漉して液体だけを取り出し、もう一度液体だけを沸かして余分な灰汁や油をのぞいて、再び漉してよりクリアにしなければならない。

「遠山君、今日のまかない、とんかつやなくてかつ丼にしませんか？」

美奈は作業台をダスターで拭きながら遠山に声をかけた。遠山は業者から安く仕入れたまかない用の豚肉に衣をつけている。

「とんかつとサラダよりはやく食べられるし、洗い物も少なくてすむから。まかないのあと、デセールの引継ぎもしたいし」

急いでいるときは特に、まかないが手早く食べられる丼物になることが多い。

「ほな、俺ちょっと卵買うてきます。かつ丼にするには卵が足りへんような気ぃします」

衣をつけた肉を入れたバットにラップをし、遠山はコック帽とタブリエを外して裏口から出ていった。

遠山が午前中にブリュレの仕込みをしていたから、卵のストックがあまりないことは分かっていた。思惑通り出かけてくれた遠山の背中を拝むような思いで見送って、美奈はいそいそとフォン・ド・ヴォライユを漉す作業にひとりで取りかかった。

最初に沸かしていたものよりひと回り小さい寸胴鍋に、円錐形のザルのようなシノワをセットして、大きなレードル、日本語でいうとお玉でフォン・ド・ヴォライユをすくって漉していく。鍋が持ち上がるくらいの量をレードルですくい出したら、最後は鍋ごと傾けて最後までしっかりと漉す。

この作業は力が要るので、いつも岩崎や坊主に手伝ってもらっていたが、美奈はこれをどうしても遠山に任せたくなかった。意地を張るなという岩崎の忠告が頭をかすめるが、それでもこれだけは、料理のベースとなる出汁だけは、全ての作業を自分の力だけでやりたいと思った。

鍋半分くらいの液体をレードルで地道に移し替えたところで、美奈はちらりと時計の針を見る。スーパーまで出かけた遠山がそろそろ帰ってきてしまう。美奈はシノワをセットした移し替える用の寸胴鍋を抱え、シンクの中に置いた。

厨房の業務用シンクは深い。作業台から鍋を傾ければ、そんなに鍋を持ち上げなくてもシンクに置いた寸胴鍋に中身を落として空けられる。シンクの中は基本洗い物を置くところだ。岩崎はここに鍋を置いて作業することを嫌う。

美奈はスパイのようにこっそりと、急いで鶏ガラや香味野菜のゴロゴロ入った鍋を持ち上げた。

容量およそ十数キロか。ふんっと力を振り絞って鍋の耳を両手で引っ張り傾ける。重みで肩が突っ張り、二の腕の筋肉がぶるぶる震えて引きつる。斜めにした鍋から、まず液体部分がざぶざぶと勢いよく流れ落ち、続いて鶏ガラや野菜の個体がシノワの中に転がった。勢いがよすぎて薄黄色のしぶきがコックコートの袖に飛んでしまい、美奈は小さな悲鳴を上げた。それでもなんとか最初の鍋の中身の八割くらいを漉して一度鍋を置く。

あと少しだ。もうひと踏ん張り。シンクに置いた寸胴鍋からシノワを取り上げフォン・ド・ヴォライユの液面を覗く。まずまず透明なフォン・ド・ヴォライユができていた。全て移し終えたら、これをもう一度火にかけ、灰汁をすくって漉したらいよいよ完成だ。

「美奈、デセールの在庫どんくらいあるか見といたれやー」
レストランホールで岩崎が濁声を張り上げている。シンクに大切なフォンを置いている
ことが岩崎に知れたら大変だ。
「はーい、見ときまーす」
美奈はホールに向かって威勢よく叫び返す。
岩崎の指示に従うのは、残りのフォン・ド・ヴォライユを全て漉してシンクから寸胴鍋
を引き上げてからにしたい。しかし岩崎はそれを許してくれない。
「ブリュレはいくつ残っとんねん。今すぐ確認せい！」
岩崎は待たない。今知りたい、と思ったら今なのだ。ホールでわーわーと喚き散らして
いる。あまり待たせると岩崎が厨房にやってきてしまう。
美奈は完成目前のフォン・ド・ヴォライユをシンクに置いたまま、ブリュレがストック
されている冷蔵庫に確認に行くことにした。デセールのストックは冷製料理用の調理台下
の冷蔵庫にある。しゃがみ込んで「一、二……」とブリュレを数えているところに裏口か
ら遠山が戻ってきた。
「卵買ってきました……、あれ？　なんか探しもんですか？」
美奈は冷蔵庫を覗き込む姿勢で、
「ええと、ブリュレの数を……」
と返事しかけて「ああっ」と叫んで立ち上がった。

「ああ、遠山君、ちょっと待って」

外から帰った遠山がまず最初に手を洗うのは至極当然のことで。シンクの中にまさか作りかけのフォン・ド・ヴォライユが置かれているなんて思いもしないだろう。美奈が振り向いたときには既に遠山が水道の蛇口をひねっていた。

「え？　ええっ？　なんですかっ？」

美奈の叫び声に驚いた遠山が慌てて水をとめようとして蛇口の隣にかけてあったカネダワシをまちがって弾く。最悪なことに、カネダワシはジュブンッと音を立てて作りかけのフォン・ド・ヴォライユの中に飛び込んだ。

美奈の声にならない声が情けなく絞り出された。

「うわっ、ちょっ、まさか」

遠山がシンクの中にある寸胴鍋に鼻を近づける。

「うそ、こ、これ、もしかして……フォン・ド・ヴォライユ……？　うわっ、どうしようタワシ、俺、すいません！」

シンクの縁についた手をグッと伸ばして体を起こした遠山は、強張った頬で痛みを我慢しているような顔をしていた。

「なんや、騒がしい。ブリュレいくつ残っとんやって聞いとんやろが。早う言わんかいっ」

バンッと勢いよく開けられたスイングドアから岩崎が顔を出す。

「なんや？」

ギロリと蛇のような目で岩崎が美奈と遠山を睨む。

岩崎の怒りを最小に抑えられる言い訳を直ちに考えなければ。体の奥から頭のてっぺんに一気に熱が上がって集中して、頭は熱いのに美奈の手足は血が巡っていないかのように冷たくなって震えた。

「すみません、俺です。俺がフォン・ド・ヴォライユにタワシを落としました」

遠山が深々と頭を下げる。美奈は頭の熱さが一斉に目の周りに集まってくるような感覚を覚えた。

「なにィ？」

岩崎が大股で厨房に入って来た。いつものように通路が細くなる調理台のところで太った腹を擦らせているので、岩崎の進む速度は速くはない。威圧感だけが先に襲ってくる。

「なにをしとねん、お前はぁっ」

「ちがいます、私です。私がシンクにフォン・ド・ヴォライユを置きました。遠山君は知らなくて、そやから悪いのは私です」

「アホかてめぇ、大事なフォン・ド・ヴォライユをシンクに置いとるとはどういうこっちゃ、残飯ちゃうぞ。誰がそんなやり方せぇ言うて教えた？　ああ？」

岩崎の前蹴りが美奈の胸に入ってよろめく。

岩崎は美奈の肩を摑んで横へ押しやると今度は遠山に向かう。岩崎が体を少し捻って右足を上げかけたのを見て、美奈は必死で遠山と岩崎の間に入った。

ボスンッ。

鈍い音が尻の辺りから響いた瞬間、美奈の体は吹き飛ぶように浮き上がった。カッと火がついたような熱さと痺れがおきて、気づいたら受け止めてくれた遠山ごと冷凍ストッカーにぶつかっていた。

「お前ら、どないするつもりじゃゃ、営業に間に合うんやろな、『フォン・ド・ヴォライユ、足りなくなりました』とか言うんちゃうやろな」

「すみません、間に合わせます。大丈夫です。私、……ランチのソースを試作してみようと思ってたんで、自分で買った食材でもう一回フォン・ド・ヴォライユ作るつもりでいました。そやから、材料はあります。ディナー分のストックもまだあります。今からもう一回仕込みます。すみませんでした」

美奈が遠山に肩を抱かれたまま頭を下げると、遠山も深く項垂れた。

「絶対間に合わせぇよっ。できへんかったら蹴りひとつやすまんぞ」

収まりきらない怒りをこぼし、岩崎が厨房から出ていくのを、美奈と遠山は頭を下げたままやり過ごした。

「……ありがとう、ごめんね」

肩に置かれた遠山の手を軽く叩いて、美奈は遠山から離れた。蹴られた尻をさすって調理台にもたれる。

「いえ、すみません、俺のせいで……。痛かったでしょう。あんな風に女の人も思い切り蹴るとは思わんかったんで、驚いて」

「ううん、ちゃうよ、ごめん。私がほんまアホやった」

自分が蹴られたような悲痛な面持ちで狼狽えている遠山がかわいらしく思えて、美奈は思わず口元をほころばせた。

「女と男はちがうんやわ、やっぱり。私、遠山君は男の子でずるいって思っとった。背も高くて体力あって。そやから、悔しくて、フォン・ド・ヴォライユ手伝ってもらわんと自分ひとりの力で全部やろうと意地になっとったんや。けど、ちゃうかった。……痛かった」

美奈の言わんとしていることが摑みきれていない遠山が、思案顔で美奈の顔を覗き込んでいる。

「男の子を蹴るシェフの力はまったくちがうねん、今まで気づかへんかったけど、私手加減されてたんやって、今知った。ちゃんと体力考慮されてたわ。今、お尻めっちゃ痛い。今まで蹴られてもこんな痛かったことないわ。ほんまごめん、器用で頭よくて男の子で、遠山君が羨ましかってん」

遠山が首を横に振った。

「俺も美奈さんが羨ましいです。回り道せんで料理の道に入って、四つしかちがわんのにキャリアは八年もちゃうんですよ。俺、挫折せんとひとつの道を生きている人が羨ましい。若い時期にコレっていうものに巡り合ってそれに打ち込んでこれるなんて。専門学校で高卒の奴らと一緒にやってるときからもう、それはどんだけ思ってきたことか」

「遠山君くらい器用ならなんだってすぐ追いつくわ」

「積み重ねた時間に代わるもんはないですよ」

遠山はコック帽をかぶり白いタブリエをつけながら真剣な顔をして美奈を見た。

「そやけど、羨ましがって拗ねとってても仕方ないですから。誰でも得意不得意あるし、足りへんとこ補い合っていかなあかんし、俺らは一緒に働くチームやから」

「ごめんなさい」

「あ、ちゃうちゃう、俺のことですよ。俺自身に言い聞かせとることです」

「ちがわへんわ、私のことや。羨ましがって拗ねて……、いじわるしてたわ」

「……はい。気づいてました」

「え？」

「この人、俺に仕事とられたくないんやな、どうしたら仲良くなれるやろって思っていました」

「ああ〜もう、ごめんなさい〜」

美奈は恥ずかしさのあまり顔を両手で覆った。

「いいえ、大丈夫です。一生懸命で、仕事大事にしとる人やってのも分かってます。ドジもかわいいし……。自分で用意したステップをしまい忘れて、自分のケツによくそれをぶつけてますよね」

バレていた。美奈は発する言葉もなく、ただ細く唸った。

なにが先輩としてバカにされないように、だ。遠山は全てお見通しだった。

「美奈さん、急ぎましょう。フォン・ド・ヴォライユ。俺、今度は手伝います。手伝わせてください」

仕切り直しの合図のつもりか、遠山が胸の前でポンと手を叩く。美奈には今更先輩としての体裁を取り繕う術もない。熱さの退かない顔で、美奈は三十センチ高いところにある遠山の顔を睨んだ。

「遠山君はまかない。かつ丼を用意してください」

「そうや、まかないなあかんのやった。忘れとった」

「フォン・ド・ヴォライユは私がします」

「え、手伝わせてくださいよ。教えてください。俺がそこに追いつくのはまだまだずっと先やから、安心してください」

「ほな、口頭で説明しながら進めるわ。ニンジンが五百グラム、約六本、玉ねぎも五百グラム……」

「ちょ、待ってください。書き留めてもいいですか？」

遠山がタブリエのポケットから手のひらサイズのキャンパスノートを取り出すと、そこから一緒に小さく折りたたんだ紙が飛び出した。

美奈はコンクリートの床に落ちた紙を拾って自分の掌にのせる。紙はノートの切れ端のようで、細い罫線の一列に二行にして細々と書かれた漢字とひらがな、アルファベットが並ぶ。びっちりと書き込まれているのはフレンチ料理用語だ。

「すみません、俺のカンニングペーパーです」

遠山が大きな掌を美奈の前に開き、紙をのせてくれと要求する。よく見れば遠山の手にも火傷や切り傷がたくさんできている。

「遠山君は料理用語を全部、覚えているのかと思っていました」

美奈は「カンニングペーパー」を遠山の手にのせながら言う。

「覚えきれるわけないやないですか。美奈さんに指示されてもすぐにはわからんこと、ちょくちょくありますよ。あとでこっそり調べています」

「聞いてくれたらよかったのに」

「聞いたらカッコ悪いんかと思っていました」

遠山も美奈もけん制しあって空回りしていたようだ。ふはは、と互いに我慢しきれなくて吹き出した。

「おいっ、マンジェはまだか、早うせいっ」

レストランホールでまた岩崎が吠えている。

「遠山君、マンジェ急ごう、かつ丼。フライヤーあったまっとるし、私、肉揚げてくで。遠山君はお出汁とみそ汁をお願いします」

「はい！　あ……そうや、美奈さん。実は俺、マンジェがまかないを意味するのも最初、分かりませんでした」

「ああ、そうなん？」

「前の店では使わへんかったです。まかないは、まかないって呼んでいました」

「ここに来て調べたん？」

「いや、なんとなく、シェフがランチ営業終わると『マンジェ、マンジェ』って子どもみたいに騒がはるから、なんとなく『まかない』のことなんやろうなぁと。マンジェってなんか、言葉の響きだけで笑えますよね、それを岩崎シェフが連呼すると、小っちゃい子が『マンマ、マンマ』てお母さんにせがんどるんに似とる気がして……」

それを聞いて、美奈は呼吸の方法も思い出せないくらい、腹を抱えてヒーヒーと悶えた。

「美奈さん、結構ゲラですね」

遠山が普段通り爽やかに笑う。これに抗おうとした時点で美奈は遠山の魅力を理解していたのだと思う。

一緒に働くことがチームになることだなんて、思ってもみなかった。どんなにたくさんの人と働いていても美奈はいつもひとりだった。誰かに認めてもらいたい、重要なポジションを任されたい、そんな気持ちが人一倍強くて仲間なんて意識したことがなかった。

「マンジェ、マンジェ作ろ〜」

おかしな節をつけて笑わせてくる遠山に苦しめられながらも、美奈は遠山とふたりで一緒にまかないを完成させた。遠山は団体競技のスポーツマンだっただけに自分以外の人間の求めているものを推測して動くのがうまい。欲しいときに欲しい道具が用意されていて働きやすい。美奈はそれを素直に見習いたいと思えた。人と働くということが楽しいと思えたのは料理人になって初めてかもしれない。

子どもの仲直りのように、嫉妬の塊を告白してしまったら美奈の心はすっかり軽くなっていた。出来のよい後輩とは意外といいチームが組めるかもしれない。

「わー、今日かつ丼？　美味しそう！」

頼子がレストランホールで歓喜の声を上げている。まかないテーブルとして用意された、レストランホールの一番厨房寄りのテーブルに遠山がかつ丼とみそ汁を運んだのだ。

遠山がいれば仕込みにもゆとりができる。これからもっと凝ったまかないを考えられるようになるだろう。ランチメニューのシミュレーションもできる。きっと頼子も喜んでくれる。

スイングドアから顔だけ出した遠山に元気に呼びかけられて、美奈はつられて「はーい」とテンションの高い返事をしてしまった。

4章　ヴィンテージワインとソムリエの自信

葉を落とした街路樹の枝が、灰色に霞んだ空を刺すように伸びている。ゲージの細いニットカーデガンの小さな隙間に冷たい北風が入り込む。ジャケットを羽織ってくるべきだった。頼子はフリンジつきのショートブーツで乾いた落ち葉を踏みつけて歩き、左右の手を胸の前でクロスさせてそれぞれ反対の腕を擦る。
先月まではまだ半袖で歩いている人を見ることも珍しくないほど暖かかった。それが十一月に入った途端、思い出したように気温が下がって秋が深まった。
頼子はエントランスのシャッターを開けるため、いつものように店の正面を目指して歩いていた。しかし今朝は、そこまでいかなくても遠目に見て既にシャッターが上がっているのが分かった。正面玄関のシャッターの鍵を持っているのは頼子と岩崎だけだ。この時間は市場へ行っているはずの岩崎が、どうやらもう店に来ている。頼子は急遽来た道を引き返して裏口を目指した。

（ん？　なに、あれ）

通路の奥、白い段ボールの箱がひとつ通路をせき止めるように置かれている。箱は小さく震えるように揺れ、「クーン、ヒンヒンッ」と甘えるような犬の鳴き声が聞こえた。養生テープをはがして中を覗くと、モコモコした茶色の巻き毛が見えた。

「……トイプードル？」

頼子は両手をトイプードルの脇に入れて持ち上げた。フルボトルのワイン一本よりもやや重い。

「ハン、ハン、ハンッ」

ワンでもキャンでもなくどこかから空気が抜けているみたいな鳴き方だ。

「頼子さん」

囁くように呼ばれ、トイプードルを持ち上げたまま声の方へ顔を向ける。裏口の扉からコックコート姿の美奈が通路に出てきていた。

「美奈、このワンコ、もしかしてシェフの彼女が飼っていた……」

頼子は小声で訊く。美奈は無言で首を縦に振る。彼女ができて犬を買ってやったと少し前に岩崎が自慢していた。そのおかげでこのところ岩崎は比較的穏やかだった。

「これがここにおるってことは……別れた？」

「どうもそうらしいです。詳しくは聞いてませんけど、要らんくなったからやる、世話せいって。機嫌最悪ですよ」

美奈は鼻先で裏口を指して、頼子に「急いで」という合図を送る。

恋の魔法が解けて、元の機嫌の悪い岩崎に戻ったようだ。

(元ってどんなやったっけ?)

人間はゆるいことにはすぐに慣れるもので、頼子は機嫌が悪い岩崎への対処方法をすっかり忘れている。


頼子が厨房に入ったのは、最悪のタイミングだった。

「おは……」挨拶の途中で口をつぐむ。

「どんだけデセール余らせるつもりやねん、予約状況みて仕込みをせんか!」

遠山が岩崎に蹴られているところだった。頼子は遠山越しに岩崎と真正面から向き合ってしまう。浅黒い無精ひげは鬼の形相だ。

「ラグビーとちごて遊びやないぞ、こちとら仕事じゃ。材料に金かかっとんねんぞ。しっかりやらんか、カス」

「待ってください、シェフ。デセールの数は私が指示しました」

コンロの前で作業していた美奈が手を止めて割って入る。頼子は美奈の凛とした物言いに驚いた。

「はぁ? ほな、なんで遠山にこんなたくさん用意さしとんねん」

「私はシェフに数を確認したはずですが」

「聞いてへんわ」

「言いました。週末にかかってくるんで強気に用意しとけとシェフが仰って、オーケーいただいたんで、私が遠山君に指示しました」

美奈は一歩も引かず、頼子の方がハラハラしてしまうような鋭い目つきで岩崎を見据えている。

「ほな、てめぇ、しっかり売れよ」

耐えかねたように美奈から目をそむけ、岩崎が「てめぇ」と代わりに睨んだのは頼子だった。

「店が暇やからってダラダラしくさって」

完全に岩崎の怒りの矛先は頼子に向いた。

「頼子、昨日早うに仕事終わって帰って、店の売り上げのことをちったぁ心配したか？ああ？　暇な営業で楽に終われてよかったと思っとったんちゃうやろな。寝る前に、店に客を呼ぶ方法を考えたりしたんか。情けないメートル・ド・テルやな」

なにがメートル・ド・テル、給仕長だ。ホールの社員は頼子ひとり。頼子はホールの責任者であり、ソムリエであり、掃除係であり、岩崎の使い走りだ。「長」と呼ばれる役職の労働に見合った給料がもらえているわけでもない。

頼子はいっそう深く下を向くしかなかった。職場愛が足りないのだろうか。美奈などは休みの日に家で新しいメニュー作りに挑戦したりしているが、頼子は店を離れたら仕事のことなど考えたくない。

「まいどー、おはようございますー」

裏口から元気に飛び込んできたのは須田酒店の次郎だ。

「うるさいっ、酒屋っ、もっと静かに入ってこんかっ」

「あ、すんません」

岩崎に謝り、首をすくめる一瞬に次郎は頼子を見て片一方の眉を微かに上へ動かした。

「あのー、かわいい犬……いてますけど？　通路に。あれ繋いどいた方がええんちゃいますか？」

次郎は苛立っている岩崎にも物怖じしない。いつもと変わらず飄々とものを言う。

「なんでやねん、段ボールの箱に入っとるやろうが」

「いや、通路走り回ってますよ。俺が通路の扉開けたら、脱走しようとしてましたし」

「なんやとぉ。お前ら、箱しっかり閉じといたんか」

裏口前で次郎にぶつかっても謝りもせず、岩崎は通路へ向かう。

「美奈、遠山、新しい箱とガムテープ持ってこいっ」

裏口から厨房へ顔だけ覗くようにして岩崎が叫ぶ。

美奈が文具用の引き出しからはさみとガムテープ、遠山が倉庫から折りたたまれた段ボール箱を手に取って、岩崎を追って外へ出ていった。

「黒ひげドカン、やな」

次郎の的確過ぎるたとえに、頼子はこらえきれずに笑ってしまった。

その日の営業後、頼子はワイン勉強会に参加するためワインバー「ミティック」に寄った。

ミティックはフードメニューが充実していることでも人気がある。オーナーの南がホテルマン時代のつてで、以前ホテルのフレンチで腕を振るっていた定食屋の主人から料理を仕入れているのだ。

丸くせり出したお腹を黒いベストに包んだ南はつるりとした頭の紳士で、頼子は密かに不思議の国に住むハンプティダンプティのようだと思っている。

「今日のワイン会はちょっと趣向を変えてみたんや」

南がカウンターに出してくれたのは三種類の赤ワインのほかに小さな器のココットに入った牛タンの黒ビール煮込みだ。

「こういうマリアージュの勉強もええやろ？　これ、料理のレシピも作ったから参考に」

南がB5サイズのプリントを渡してくれる。

『牛タンの黒ビール煮込み

①牛タンを軽くデコルジェしエグテしリソレする

②玉ねぎのエマンセをあめ色になるまでスエする。

③①の牛タンを加え黒ビールを注ぎジュ・ド・ブフと水で……』
⑤まである工程の中にフランス料理用語が当たり前のように書かれていて頼子はひるんだ。
(デコルジェとエグテってなんやったっけ……)

リソレは強火で肉の表面を焼いてカラメル化して旨味を閉じ込めることだ。第一工程でこれひとつしか分からない。

「俺、一番のワインが意外とよかったな。ワインだけやと軽すぎるんかな～と思ったけど」

「一番の甘みと渋みのバランスも結構好きやな、俺は」

カウンター近くのソファ席でテイスティングしているメンバーが口々に語り出す。

この人たちはこのレシピの料理用語を理解できているのだろうか。頼子はこの道およそ八年のキャリアがある。料理用語の意味を聞くのは気が引けるが、「南さん……恥ずかしいんやけど、デコルジェとエグテってどういう意味でしたっけ」と聞いてみた。

「デコルジェは灰汁抜きで、エグテは水気を拭うことや」

南はあっさりと教えてくれて、「あ、俺も実はそれ意味分かってなかった」と誰かが笑った。

「お客さんでやたら料理用語とかワインに詳しい人いてますよね、めっちゃ焦りません？俺よりよっぽど高価なワイン飲んではるし、持ってはる」

「ああ、分かる。ちょっと前に『ワイン好きの会』とかっていうワイン通のオフ会みたいなグループが俺の店に来て」

「それ、うちも来た」

この界隈のフレンチの店共通のお客さんも多い。

「あ、たしか……今月は頼子さんとこに予約を入れるって……レストラン・タブリエの評判聞かれましたよ」

ソファ席の面々が一斉に頼子を見た。

「ああ、そういえば、予約が入っている。持ち込みワインが送られてきているわ」

予約の電話で、料理の内容よりもワインを持ち込めるかどうかということを気にしていたのが印象的だった。

「面倒くさい人たちですよ。頼子さん、ワイン雑誌、片っ端から読んどいた方がええですよ。幹事の人はワインエキスパート資格持ってますし」

ワインエキスパートとは職業や実務経験を問わないワインの資格であり、その難易度はソムリエ試験と殆ど変わらないと言われている。頼子が最も苦手とする種類の人であることはまちがいない。

「私、ワインの知識に自信ないからなぁ」

頼子は少し気が重くなりながら、牛タンの煮込みを口に運ぶ。一番のワインを飲めば後口がさらりとして食が進みやすい。二番目のワインを飲めば料理とワイン、どちらも甘みが膨らんで面白い。三番目のワインは渋みがずっしりとしているので料理にも高級感を感じさせる。それぞれに産地や品種の想像はできる。三者三様に勧め方はあるし、ただ食事を楽しんでもらうだけなら自信があるのだが。

「頼ちゃんはワインを表現する言葉のバラエティー豊富やし、ワインを楽しく飲む方法についてはよく知ってるやろ？　ワインがどんな料理に合うかを探すのは得意やん。最近はさぼり気味やけど、ほれ」

次郎は頼子の古いワインノートを取り上げて勝手にページをめくる。開かれたのは頼子のワインノートの最初のページだ。そこには新しいノートに向かう気持ちが表れた丁寧な文字で、びっしりと細かくコメントが書き込まれていた。

たくさんのワインノートを作ってきたが、ソムリエ試験を受けるためにワイン塾に通っていたときに書き留めたこの最初のノートはいつも持ち歩いている。ワインテイスティングの基本に忠実に書いているので見やすい。

ワインの色味、粘着性、最初の香り、グラスを回したときの香り、実際口にしたときに鼻から抜ける香り、味わい、酸味が丸いとか尖っているとか、渋みの感じ方、そのワインと一緒に食べるならなにがいいか、どんなときに飲みたいか、どんな人におすすめなのか……。そのワインについて自分が得た情報をひとつも書き漏らしたくないという当時の頼子の執着が感じられる。

「一生懸命でかわいかったなぁ、この頃」

およそ七年前の日付を見て次郎が言う。頼子がじろりと半眼でみると、

「いや、今もかわいいんやった」

次郎は言い直して頼子の頭に軽く手をのせた。

記録をしっかりとっていたときの方がワインの印象もしっかり覚えている。

高級銘柄の古いワインの飲み比べの勉強会に誘ってもらったこともあった。力のあるワインは五十年経っても衰えていないものがある。ワインを開栓するタイミングに先輩たちが神経質になっていたことなど懐かしく思い出す。

栓を開けたときから酸化が始まり、多くのワインは時間が経つと酸味が強くなって味わいが落ちていく。ところが、なかには開けてから二日後に花開くものもある。

いつ開けるのが最良か。高いお金を出しあって買ったワインだから最高の状態で飲みたい。先輩たちのそういう熱い思いが当時は分からなくて、「開けるタイミングがそんなに大事ですか？」と質問して雷を落とされたことを覚えている。

「これ、笑ったの覚えているわ、俺」

頼子がたまたま開いていたページの一文を、次郎が指でなぞる。白ワインの香りについての頼子のコメントだ。

「『二日酔いの日の私の汗』。汚いこと言うなって、先輩にめちゃ怒られとったな」

「言うたなぁ私、自分でも覚えている。恥ずかしい」

「俺はええと思ったで。自分の中で印象づけて感覚で身につければ。たしかにワインを飲み過ぎると体臭がワインの香りに感じることあるよな。教科書かて、赤ワインの香りの例で、『濡れた犬の香り』とかけっこう強引なんあるし」

「そうや、犬」

「ああ、店に犬おったな」

「トイプードル、あれ、シェフの別れた彼女の忘れ形見。シェフが美奈に押しつけて、もらってくれる人が見つかるまでうちに住むことになってんねん」

犬用ケージサークルとトイレ、エサをやる器、散歩用の紐、ペットの消臭剤まで、犬を飼い始めるために必要なものは全て岩崎から譲り受けた。それらをその日の営業後に遠山が美奈の部屋まで運んでくれて、ケージも組み立ててくれた。ホルダーに水飲み用のペットボトルをセットしてやると、トイプードルは待っていましたとばかりに水飲み用のノズルにしゃぶりつき、カチャカチャと音を立てた。

「この子の名前どうしよう。ポチ？」

「美奈さん、今どきポチって」

遠山が苦笑しながら言う。

「俺、ちょっと同情もしますよ、シェフに。彼女に犬をせがまれてこいつを買ってやって、ケージとかその他もろもろそろえてやって。ほんなら、ペット禁止って怒られたからマンション買ってって言われたわけですよ？」

「シェフは『俺が助けてやりすぎたら若いあの子がダメになってまうから、泣かれたけど別れたった』って言うてたけど」

「男ってバカですね」

遠山が天井を仰いで後ろに身を反らし、両手を床につく。ポチがケージの中に置かれた犬用のベッドに這いあがった。ペロペロと自分の前足の毛を舐める。

「シェフは、ああいう人ですけど、いい従業員に恵まれていますよね。あ……俺のことちゃいますよ、美奈さんと頼子さんのことですよ。それって、シェフの力やないですかね」

「いい従業員いうか、抜け出せへんように蜘蛛の巣をひっかけられて逃げ遅れたって感じ。私と頼子さんは、プライドが高いくせに、自分に自信がないとこが似てるから分かんねん。そこをうまいことシェフに操作されてんねんな。あ、これは内緒な、頼子さんには」

つい口を滑らせたのは自分なのに、美奈は子どもみたいに「内緒な」と口を尖らせてしまった。遠山は「はい」と笑った。

「ふたりとも、技術さえ盗めばさようなら、っていう人間やないってことですよ。俺はそう思います。苦しくてもここにいる意味があるって、本当は分かってるからいるんやないですか。説明とかできなかったとしても」

「そんなこと……」

ないとも言えない。説明のつかない思いが、遠山が言う通り美奈にはたしかにあった。

翌日、頼子は店のバーカウンターの上に七本のワインを並べた。

『ワイン好きの会』という集まりのメンバーが、一週間後の食事会のためにそれぞれ送ってきたワインだ。並んだワインに目を凝らしているのは、その会のメンバーである野村という男。

細身な紺スーツがよく似合う、営業らしい空気の男だ。年は三十前後、頼子と同じ世代だと思われる。例のワインエキスパート資格を持っている幹事だ。

頼子は先に送られてきていたそれらのワインのリストと、そのリストを参考に岩崎が考えたコースメニューを野村にメールしていた。野村はメニューを見て自身が選んだワインを直接店まで持ってやってきたのだ。ディナー営業前のクローズタイムなので、頼子はほかのメンバーから先に送られてきていたワインを見せることにした。

「僕の持ってきたワインはこれです」

野村がカウンターのワインの右端に、持参したワインを置いた。金の優勝カップのような絵のラベル。よく知られたブルゴーニュワインの生産者のものだ。

「こちらのレストランは古典的なフレンチが得意と雑誌に書いてあったので、正統なラインのワインを選びました。メインが地鶏のモモ肉で赤ワインのソースならブルゴーニュがいいのかなと」

　野村の持ってきたワインはブルゴーニュ地方の中でもヴォーヌロマネという村の一級畑のものだ。ここの特級畑には、かの有名なロマネコンティもある。

「こちらのワインはかなり上質やと思います。きっと、うちのシェフのソースはこのワインのクラスに応えることができると思います」

「しかし、ほかの方のものはミーハーなワインが多いですね。これなんか雑誌の『ワイン時代』でトップに紹介されてた作り手ですよね」

　重厚なボルドータイプのいかり肩のボトルを取り上げて野村が言う。

　通な人ならカタカナを混ぜて話した方が喜ぶだろうかと思い、頼子は雑誌で確認済みのブドウ品種とその特徴をふまえてそれらしく答えてみた。

「酸味も渋みもしっかりしてるみたいですし、いろんなお料理に合わせられて、そのサンジョベーゼ評価高いですね。ブルネッロ・ディ・モンタルチーノなら厚みもありますし、開けてみて強すぎるようでしたらデキャンタージュしましょうか」

　サンジョベーゼはイタリアで作られている赤ワイン用のブドウの品種で、ブルネッロ・ディ・モンタルチーノはイタリアのワインの女王と称されるワインだ。デキャンタージュは、デキャンタという容器に移し替えてワインの味わいを開かせること。

「ああ、そうですね、味をみて必要があればデキャンタージュしてもらえますか？　これは雑誌で評価が高かったものとヴィンテージが違うからちょっと気になりますね。この年ってどんな評価でしたっけ」

　野村がさらりと質問してくる。

（ヴィンテージ！　しまった）

　ヴィンテージとは収穫年のことだ。まったく調べていなかった。その場を取り繕ううんちくを探して脳内の頼子が走り回っている。

「すみません、勉強不足で……そこまでは覚えていません」

　下手な言い訳をすると失敗する。こめかみを押さえて白状した。

「あ、そうですよね、こちらはフレンチですもんね、イタリアまで覚えておられませんよね。自分で調べます」

　フランスワインでも頼子は当たり年を覚えていない。カウンターの裏側にヴィンテージチャートという当たり年早見表のようなものを貼っている。

「野村様、メールでお伝えした通り、一本とても難しいワインが届いています」

「ああ、ラベルがボロボロの古いワインっていう……」

　頼子はワインセラーに寝かせたほかのワインとは別に、ドリンクカウンター内の冷蔵庫に立てて保管してあったボトルを静かに取り出す。

　野村が顔をしかめた。

　ワインの表面のラベルは半分以上剝がれてなくなっているし、ワインそのものなのか、なにかほかの液体がこぼれて赤黒く変色している。こころなしか醬油のようなにおいがして、ボトルを触るとベタベタして手が貼りつく。ラベルをこれ以上落とさないように頼子がボトルの表面をラップで巻いた。

「わざわざ僕にダイレクトメッセージ送ってきて、サプライズワインがあるって言ってた人がいて。銘柄は言えないって……言えないっていうか、分からないってことですね」

野村は後頭部をかいて呆れ口調で言った。

サプライズではあるかもしれない。頼子はここまで状態の悪そうなワインを扱ったことがない。

「どう思います？　飲めると思いますか、これ」

野村は渋い顔でワインのボトルを観察し、頼子に意見を求めた。

「分かりません。ラベルがなくてはなんとも。古さより保存状態の悪さが心配です。こちらの会は、持ち寄るワインには予算の決まりはないんですか？」

頼子は預かったワインの価格にばらつきのあることが気になっていた。

「一万円前後ということにはしています。ただ、金額とは関係なく、価値のあるものというか、珍しいものもいいことにしたんです。皆さんそれなりにワインの知識がある方だという前提で。しかし、ラベルもないなんて……いい銘柄のものであったとしても証明するものがないですからね。古ければ価値があるなんて思ってるんでしょうか。まいったな。このワインを送った方、知識はまだそんなに深そうじゃないんですけど妙に自信がある人で……プライドを傷つけないように、さらっとワインのサービスを済ませてもらえたらうれしいんですが」

「新しいワインでも数本に一本はブショネ（劣化したワイン）がみられるわけですから、もしも本当に飲めそうになかったらそういうことで『残念ですが』と終わりにしたらよろしいでしょうか」

栓や蓋、ワインで言えばコルクを、フランス語でブションという。そのブションを語源にしたブショネとは、細菌の付着などによってワインのコルク臭やカビ臭がついてしまったワインを指す。

「そうですね。そうしてもらえると助かります」

野村は口元を覆うようにして親指と人差し指で眼鏡を押し上げた。

「野村様は毎日ワインを召し上がるんですか？」

「ええ、もう、最近はワインを飲まない日はないですね。ワインにはまったのはここ三年くらいのことなんですが、去年ついにワインエキスパート資格をとりまして」

（うげぇ、去年）

試験勉強したての一番知識がのっている時期だ。面倒くさい度が上がる。

「お仕事がお忙しいのに、すごいですね。勉強するお時間取るの、大変やったんちがいます？」

早く帰ってほしい気持ちとは裏腹に、調子にのせるようなお世辞が出てしまうのはサービス業の性だ。

「いえ、独身ですし、好き勝手できるので。それにワインは大好きですから勉強するのも楽しかったですよ。部屋に二百本以上ワインがありまして、引っ越しが大変でした。ワインが乱暴に扱われないかと心配で」

「うちは規模が小さいですから、ワインセラーは百七十本分の収納しかないんです。それに稼働率のいい価格帯のものが中心になりますし。もしかすると野村様の方が高級なワインをたくさんお持ちかもしれません」

「収集し始めてまだ三年なのでそれほどではないと思いますが、でも……ああ、お見せしたいな。なかなか手に入らないちょっと自慢のものもいくつかあるんです。例えば……」

野村のマニア魂に火をつけてしまい長い話を聞かされそうだと頼子が腹をくりかけたところで、岩崎が厨房からひょっこりと姿を現した。

「いらっしゃいませ」

岩崎が営業スマイルで野村に挨拶をしたあと、名刺を交換して、「ご期待に沿える料理が出せるように頑張ります」としおらしく伝えた。そして岩崎と頼子はエントランスの外まで野村を見送った。

「スカしたやっちゃやの」

まだ野村の後ろ姿が小さく見えているところで岩崎が口に出す。

「予算が低すぎる。持ち込み料やらサービス料やらなんやかんや引いたら料理代が五、六千円にしかならん。送ってきよったワインもそれほど骨のありそうな上等なもんがないし、メインは地鶏で十分やろ。そやけど俺の勘では、九人のうち何人かは『牛肉がええ』って言い出すで。それを見越しての赤ワインのソースや。どっちの肉でも対応しやすい。牛肉に変更されたら原価上がるし、最初からスープなしのコースにして調整しといた」

関西では特に、肉といえば牛肉だと考える人が多い。岩崎は客が選んだワイン全体の印象に合わせてメニューを決めているのだが、鶏肉がメインだと食材としてはインパクトが弱いかなと頼子も思っていた。それでも、岩崎が客を満足させる料理を出してくることにはまちがいないので、頼子はあえてそれには口を出さなかった。

「それやと、誰も牛肉に変更しろと言い出さなかったら、ちょっと悪い気ぃしますね」

「そんときは『スープを特別にサービスでお出しします』や。そう言われたら客も得した気分になるやろ？　こっちとしても十分予算内なんやけどな。そんかわり、ひとりでも『牛肉にしろ』いうわがままな奴がおったらスープはなしや」

岩崎のこういう小ざかしさはどうやったら身につくものか。岩崎の精神をもっていれば怖いものはないような気がする。これくらいの強さがあったら、なにもうじうじ悩んだりしないのに。

その日のディナーは、二名席をふたつ残すのみの盛況となっていた。

昨日の時点では今日のディナーの予約は『ワイン好きの会』九名の一件だけだった。九名の貸し切りのような営業になることを想像して、店の奥にゆったりと九名席とワインサービス用のテーブルを用意しようと考えていた。ところが、ランチタイムの間に二名の予約が二組入り、頼子は考えていたテーブルの配置を変更した。団体は賑やかになるので、九名の席は店の入り口に近いところにして、二名席を店の奥に設ける。

最近は暇なディナー営業が続いていたので、頼子は少し油断していた。ホールアルバイトの女の子をひとりしかシフトに入れていない。持ち込みワインが九本もあって手がかかることは分かっていたのだから、それをふまえてもうひとり入れておくべきだったのに。

（失敗したかも）

そういうときに限って、お客は誘われるようにしてやってくる。三組計十三名の予約客とは別に、会社帰りらしい女性三人組が来店。

（昨日みたいな暇な日に来てくれてたらええのに）

頼子は恨めしい気持ちで、三名を店の真ん中の丸テーブルに通した。

全ての客がほぼ同じ時間にやってきて、店内は一時混沌とした。上着の預かりや席への案内だけでも手を焼き、コックコート姿の遠山に力を借りることになる。前菜の盛りつけやメインディッシュに添える野菜の準備、デセールの仕上げ、洗い物、遠山には遠山の仕事がたくさんあるというのに。

「ごめんね」

頼子はおしぼりを運ぶ遠山にすれ違いざまに声をかける。

「大丈夫です。ホールの仕事で判断できないときは、頼子さんの目を見て困ってることを知らせて指示を仰ぐようにって、美奈さんが」

いつからなのか。美奈が頼もしくなっている。後輩との呼吸が合ってきて作業に余裕ができたせいか、周りがよく見えている。ランチメニューを任され自信をつけてきたし、実際料理技術も上げていた。

(私は成長したんやろか)

頼子は自分を成長させてくれるような出来事がこれからも起きる気もしない。回る長縄跳びの輪にひとりだけリズムが合わずに入れないような焦りが頼子を支配する。

「アミューズをお願いします」

頼子が厨房で九名分の突き出しであるアミューズの準備の合図をしても、返事するのは美奈だけ。機嫌が悪い無言の岩崎の態度が、厨房の雰囲気をかなり陰気にしている。それというのも最初のオーダー確認で、『ワイン好きの会』のメンバー九名のうち四名が地鶏を拒否して牛肉に変更を希望したからだ。

頼子は持ち込みワインの銘柄をいくつかあげて、「今日のワインのラインナップですと牛肉より鶏肉の方がワインとのマリアージュが楽しめますよ」と伝えた。それでも牛肉がいいと言われればそれ以上推すことはできない。まさか、「あー、残念。皆さん鶏肉でそろえていただければスープがご用意できたのに」なんて言えるわけがない。

先に壁に貼りつけられているオーダー伝票を見れば、アルバイトの女の子の丸い字で前菜が二種類、メインが二種類の四品バラバラの料理が書かれていた。

ディナーコースは前菜四種類、魚料理三種類、肉料理三種類から好きなものを選んで二皿か三皿のコースメニューを作るというものだ。

客が選ぶ料理がバラバラであればあるほど厨房の手間は増える。冷製料理、温製料理、デセール、各部門に分かれてそれぞれ担当する料理人がいるような大きな店なら仕事が分散された方がうまくまわるのかもしれないが小さな店ではそうはいかない。一度に客が来店したときはなるべく料理を合わせてもらえるようにサービスマンがうまいこと客を誘導しろと岩崎は言う。

しかし、と頼子は思う。『お好きなお料理をお選びください』と書かれたメニューを見て、「これも食べたい、あれも食べたい」と迷って「じゃあ別々の料理を選んでシェアしよう」となるのは仕方がないのではないのか。

厨房の大変さは分かる。せめて隣のテーブルのオーダーを同じ組み合わせで取れたらいいと思う。それでもうまくいかない日はうまくいかないもので、頼子が訊いてきた二名席のオーダーは、アルバイトの女の子が先に訊いてきた隣の二名席のオーダーとはまったく合わないまちまちなメニューだった。

胃が痛くなる思いでオーダーを読み上げ、アルバイトが貼った伝票の隣にその伝票をマグネットで留める。返事の代わりに聞こえてきたのは、岩崎の「カス」という言葉だった。

『ワイン好きの会』のメンバーは、窓ぎわのソファ席に女性三名を含む五名、向き合う椅子に男性ばかり四名が座っている。

持ち込みのワインは白が三本、赤は例の問題のワインを含めて六本だ。ワインを預かってから十日ほど。それぞれ、頼子が最適だと考える温度に保って保管していた。頼子はまず三本の白ワインを九名席に運び、開ける順番を相談する。

「今日は誰も泡持ってきてないんですよね」

幹事の野村ががっかりした声を出した。泡とはスパークリングワインのことだ。

「ほら、前回、泡が多かったから、今回は僕遠慮したんですわ」

野村の隣の恰幅のよい男が言う。頼子はその男に見覚えがあった。眉間、中央から少しずれたところに大仏の額を彷彿とさせるホクロ。

「前にこちらに食事にいらしたときにシャンパン……ロゼ、召し上がっていらっしゃいますよね」

『大仏さま』は目を大きく開いて頼子を見た。

「覚えてくれていました？　もう半年以上前でしたけど」

「ええ、そのときもシャンパンがお好きだって仰っていましたね」

あれは次郎に勧められて入れてみたシャンパンだった。ロゼシャンパンをリストに置いたことがあまりなかったので、それを飲んだ客はそれぞれ割とよく覚えている。

「シャンパンが好きやからこの前の会もシャンパン持っていったんですけどね、その日は結構泡を持ってきた人が多かったんですよ」

九名は前回のワイン会のワインについて話し始めた。頼子はそちらに体を向けながら、後ろで三名席のオーダーを取っている遠山の様子をうかがっていた。

遠山が声をかけると、三十代から四十代くらいの女性三人は一斉に遠山を見た。「まぁ」と言わんばかりの女性たちの微笑みが遠山の男前っぷりを物語る。

「どれも美味しそうで迷っていて。お兄さんはどれがお勧め？」

「前菜でしたら、どれも美味しいんですけど……そうですね、フォワグラのパテですかね。実は今回、僕が初めて仕込みを手伝わせていただいて、すごくうれしかったんです。あ、そんな理由だけやなくて、フォワグラはお好きですか？　このパテはめっちゃ濃厚で滑らかで旨い……失礼しました、すごく美味しいです」

あははと女性たちがうれしそうに笑う。

「ほんなら、それにしよかな、私」

「そうやね、私も。せっかくお兄さんの初めてのパテやもんね」

「ありがとうございます！　いつも以上に気合入れて盛りつけしてきます」

遠山が鮮やかに三人分のオーダーをひとつにまとめた。

パテというのは、仕込みの手は込んでいるが盛りつけは簡単だ。切って皿にのせソースとジュレをさっとかけて、グリーンのサラダを添える。岩崎の手を煩わせない遠山の仕事だ。しかも、コース料金に三百円のアップ料金がかかる料理。パーフェクトなオーダーテイク。

いる。
サービス経験たった半年程度の遠山の方が、頼子よりよっぽどスマートに仕事をこなして
出来のよい遠山に美奈が嫉妬していたその気持ちが、頼子は今更ながらよく分かった。
になるように引き留められただけのことはある。
遠山は絶対心の中でぺろりと舌を出して頭を掻いている。さすが前の店でサービスマン
（初めて仕込み手伝った？　うそつけ！）

遠山のサービスにすっかり気を取られていた頼子は、野村の声に呼び戻された。
「そうしましたら、乾杯はこのミュスカデでいきますので、用意していただけますか。で、
次はシャブリと……」
「あ、はい……かしこまりました。まずミュスカデですね。開けてまいります。シャブリ
は冷やし過ぎないようにクーラーから上げておきますね。テイスティングはそれぞれのワ
インの担当の方にお願いすればよろしいですか」
野村の返事を聞いて、九名席と二名席の間に広めに空けてあったスペースにワゴンを運
ぶ。静かに深呼吸して気持ちを立て直す。
ミュスカデとは白ブドウの名前だ。このブドウを使うと、柑橘類のようなシャープな酸
味が特徴の爽やかなワインができる。フランスのロワール川下流の地域でこのブドウを
使ったワインが作られている。
頼子は『ワイン好きの会』のテーブルから下がって、ワゴンの上でミュスカデのコルク

にソムリエナイフのスクリューをねじ込む。グレーのスーツ姿の男が伸び上がり、頼子の方を見ながら言った。

「このミュスカデって、なにか特別なの。この会の予算にしたら、随分安すぎへん？」

男は感じの悪い半笑いを浮かべ、テーブルの上で大げさに肘を曲げた。

「誰、これ持ってきた方」

男の隣に座っている女性が手を上げた。チワワのように小柄で目が大きな人だ。

「えーとぉ、うちはあんまりワインのことよく知らないんですけど、ワイン屋さんのお兄さんがぁ……なんか、このワインはすっごい古い木ぃで、いい年にしか作られへん貴重なワインやって教えてくれてぇ……。あの、ワインが珍しければ予算とかあんま気にせぇへんって言うてましたよねぇ、野村さん」

『チワワさん』が甘えるような話しぶりで野村に助けを求め、テーブルを囲む皆の視線が端に座る野村に注がれた。

「ううんと……まぁ、そうですね。珍しさについては常識の範囲で、皆さんにお任せしようと思ってたんですけど……今回初めての参加ですので、そのあたりは徐々に知っていただくということで、大目に見ていただいてよろしいですか山本さん」

「山本さん」と呼ばれたスーツ姿の男は、相変わらずニヤニヤしている。

「ご存じやないんやったら仕方ないですね。まぁ、僕もワインの勉強始めて一年ぐらいですから、そんな詳しいってもんやないんですけど。実は、このワイン持ってるんですよ、うちのセラーに。三千円そこそこやったんちゃうかな。北野坂のワイン屋さんで買わはったでしょう？　若い店主ですよね、なかなかの好青年や」

「え、ええ……」

消えそうな声で返事をする『チワワさん』は見るに忍びなかった。ネットの上でどのようなやり取りがあってここに参加しているのかは分からない。野村の示す「ワインが好き」という参加条件の中に知識の深さというのが暗に含まれていて、『チワワさん』はそれに気づかなかったのだろう。頼子は『チワワさん』にテイスティングを促し、ほかの客のグラスにもミュスカデを注いで回る。

野村がワインの注がれたグラスをテーブルの上で揺らしながら言った。

「この作り手はミュスカデの味わいを大切にしていて、マロはしないし樽も使わないんでしたよね、たしか」

『チワワさん』はワイン用語が含まれた野村の言葉に首を傾げている。

「マロってなんですか？」

「マロラクティック発酵のこと」

野村の向かいの女性が知っていて当然というように憮然として答える。

「マロラク……」

一度で覚えきれなくて、『チワワさん』が首をすくめた。

「マロラクティック発酵というのは、ワインをまろやかにする発酵なんですが……」

野村が説明しかけたところに、にやけ顔の山本が、

「せっかくここにプロの方がいてるんやから、プロの方に教えていただいたら？」と割って入って、「ねぇ？　ソムリエールさん」と頼子を見てきた。

不意を突かれて営業スマイルが間に合わず、頼子の顔は引きつった。

ワインの中にあるリンゴ酸が乳酸菌の影響を受けると乳酸に変化する。この変化が起きるとワインの酸味が和らいでまろやかになり、味わいに複雑さも増して安定するという。これがマロラクティック発酵というもので、ソムリエ試験を受けるにあたって必ず覚えなければいけない基本中の基本のひとつだ。

さすがにそんな基本は頼子だって覚えている。さらりと答えて切り抜けたい気持ちと、答えたあとでさらに難しいことを聞かれたらどうしようという心細さが拮抗して、頼子はとっさに声が出なかった。

「マロは今どうでもええから乾杯しましょう」

堪りかねた誰かが声を振り立てて「ほんまや」「ほんまや」とその周りが同調した。

「そうですね。お待たせしました、とりあえず、乾杯！」

野村が挨拶を省略し、ミュスカデのグラスを九人の中心に向けて突き出した。

ざわざわと談笑を始めた九名テーブルから頼子はそっと離れた。「ここのソムリエール、あんな基本的なこともすぐに答えられへん」と思われてしまったのではないか。頼子にはそれが気がかりだった。

ソムリエ資格を得るため、冴えない頭にワインの知識を押し込めるだけ押し込んだ。ワインの名前、生産地区名、畑の名前、栽培方法、醸造方法、国や地域ごとにちがう制度の数々、ブドウの木につく菌や病気……。

長いカタカナの繋がりを覚えるために意味不明な暗記歌を作り、アルファベットの並びに赤いペンで線を引き、とにかく何度も書いた。そうしてどうにかこうにか、ソムリエ資格取得者の証であるブドウのバッジを手に入れたものの、必死に身につけたワインの知識の多くは試験後に頼子の頭から抜けていってしまった。

そういうところが自分らしいと頼子は思う。かっこつけてみてもそれは上辺だけで、剥いてしまえばなんの武器も持たない三十女。

凹む。忙しい営業中に凹んでいる場合じゃないけど、凹む。

何気なくタブリエのポケットに手を入れてみると入っているはずのソムリエナイフがない。思い当たる場所に目を走らせれば、先ほどミュスカデを開けたワゴンの上に置きっぱなしになっている。大股で歩いて取りに行く。ソムリエナイフを身に着けていなければ、自分はアルバイトとはちがうのだというちっぽけなプライドさえも保てない気がした。

『ワイン好きの会』の前菜と三種類の白ワインは思ったよりスムーズにサービスできた。頼子がほかのテーブルへの給仕もあって忙しく動いていたので、ワイン通な客に捕まって長々とコレクションの自慢話をされるようなことも、知識を試すような質問をされることもなかった。

　三名の女性客のテーブルにドリンクのオーダーをうかがいに行くとき、自分よりも遠山に行ってもらった方が喜ばれるかと卑屈な思いが浮かんだ。

けれど、頼子がフォワグラの料理に合うと考える数種類のワインを紹介すると、意外にも熱心に耳を傾けてくれた。三名の女性は頼子が勧めたワインの中からフランスのアルザス地方の白ワインを選んだ。花の香りに似た独特な甘い香りにうれしそうに鼻を寄せる三人の女性の姿を見て、低迷していた頼子の気分も上向く。

　食事中も「料理もワインもとても美味しいです。このワインは、アルザスのなんていうワインでしたっけ？」と呼び止められた。

「ゲビュルツトラミネールです。変な名前ですけど、ブドウの品種の名前です。この香りはこのブドウの特徴で、別の作り手のものでもこういう華やかな香りがしますよ」

　頼子はメモ用紙にワインの名前を書いて渡した。三人は呪文を唱えるようにしてその長い名前を口ずさんだ。

（ボトルが空いたらラベルをはがしてあげよう）

　ガッツポーズしたいような気分になる。ただ勧めたワインの名前を聞かれただけなのに、こんなにうれしい。

　岩崎の料理に合うワインを一番知っているのは頼子だ。教科書通りではないものが意外に合うこともある。一般に白いワインが合うとされる料理を赤ワインと一緒に食べたいと言われれば、赤ワインでも合わせられる切り口を見つけて最良な物を選び出せる。この店で扱う料理とワインの中からなら。それだけは自信がある。

（さぁ、いきますか）

勢いが大切だ。のってきた気持ちが落ちないうちに苦手なテーブルのサービスを進めよう。

頼子は『ワイン好きの会』の赤ワインをテーブル近くのワゴンに運ぶ。ラベルの落ちた例の古いワインもなるべく澱を揺らさないように慎重に移動させる。

「お、そろそろ赤いきますか。ん？　なんやあれは」

『大仏さま』が立ち上がって、ラベルのないワインのところまで歩いた。ほかのメンバーも目線であとを追う。

「あれはなんや」「ラベルがないの?」「古いのか」

しだいに会のメンバーの視線が一点に集まった。

「あ、あれ、僕が持ってきたワインですわ。今日一番のサプライズちゃうかな」

山本が満足そうに腕を組む。野村が頼子を意味ありげな目で見た。頼子は「了解」の意味を込めて目だけで頷く。

「ラベルが殆どあらへんのですね、あのワイン。銘柄はなんですの」

『大仏さま』が自席に戻りながら山本を見る。ほかの七名も山本に注目した。

「僕も叔父にもろたもんやし、はっきりした銘柄は分からへんけど、古いブルゴーニュらしい。叔父はロマネコンティやって言うけど、残念ながら、さすがにそれはちがうのは僕にも分かるわ」

山本がそう言うと、ほかのメンバーの中に忍び笑いが起きた。

「そら、そうや。DRCはラベルの端っこんとこだけでも分かりますやん。だいたい出来の悪い年のもんでも三十万円はする。そんなワインをこんな乱暴に扱いませんて」

『大仏さま』が額の高さに上げた右手を振る。DRCとはロマネコンティなど高級ワインを生み出している生産者名を表す。

ワゴンに一番近い席にいる女性が体ごとワゴンの方を向いて目を凝らしている。

「残ってる部分のラベル見ても思い当たる作り手がないですね。もっとも、汚れすぎててラベルの色すらはっきりしませんけど」

「そやけど、叔父が二十年以上も前に知り合いからもらい受けたときに、ええもんやと言われたらしいんや」

山本がムッとした顔つきになった。

「ええもんやったとして、なにかわからへんようでは困りますよね。ラベルがないとなると答えも分からへん」

「怪しい業者はラベルの張り替えなんかしてるって噂もあるんやから、ラベルが貼ってあったって疑わしいんやで、古いワインは」

「ああ、そうそう、別のワインを継ぎ足してリコルクするとかいうんも聞いたことある」

「銘柄はさておき、飲める状態ですかね。ちょっとプロの意見をきいてみましょうよ」

「ああ、そうや、それがいい」

九名の会話の流れが嫌な展開になってきたと思っていたら、

「ソムリエさんはどう思います？　このワインの価値」

案の定巻き込まれた。十八の目が一度に責めるように頼子を見てきて逃げられない。

正直なところ、飲んで美味しい状態ではないだろうし、ラベルやボトルの感じから銘柄もそれほど上等なものではないと思う。しかし、持ってきた山本の体裁を考えると素直に答えるわけにもいかない。

「私もこのような珍しいワインを開けるのは初めてなのでドキドキしますが、開けてみましょうか。ワイン自身に訊いてみる、といいますか」

頼子は九人の顔を見まわす。

「ワインに訊くか。なるほど、ほんまやな、ごちゃごちゃ言っとらんと開けたらええな」

「では開けていただきましょう」

なぜか拍手が起きた。


コルクの上にかぶっているキャップシールをめくると黒ずんだコルクの頭が顔を出した。埃のようにざらついた表面はカビだろう。瓶口をコルクごと拭うと白いトーションが黒くなった。

古酒を開けるのには専用のオープナーがあるが、タブリエには置いてない。しかし、劣化したコルクに当たったことは何度かある。スクリューを刺し込んだらもろもろと崩れてしまうようなコルク。コルク片をワインの瓶の中に落としてしまったこともある。

ワインに訊いてみる、なんてかっこいいことを言ってしまったけれど、コルクを抜くのを失敗する可能性が高いという事実を、表面が真っ黒なコルクに向き合うまで忘れていた。

頼子はいつも通りスクリューの先端をコルクの中心に刺し込んで回した。スクリューを半回転しただけで刺さった部分のコルクがボロリと崩れた。

こんなときは。頼子は前の店で先輩に教えてもらった方法を試みる。スクリューを斜めに刺して、表面のコルクがポロポロ割れてくるのは気にせずに、スクリューの先が瓶口の内側に当たるまでまわす。そこまで届いたら瓶口の壁に沿ってスクリューの先を滑らせるように引き上げる。上がってくる途中、あと少しのところでコルクが大きく割れて上部がとれた。

「あー」と誰かが声を漏らした。サーカスの綱渡りでもしているような緊張感がある。

五ミリぐらい残したコルクにさっきと同じように斜めにスクリューを刺す。貫通した先のコルクが小さく削れて液面に落ちていった。頼子は瓶口の壁を利用して一気に残りのコルクを引き上げた。瓶から出たらすぐさまトーションで受ける。

九名が歓声とともにまた拍手をくれた。

崩れたコルクには有名銘柄を示す刻印はない。もっとも、長期熟成するワイン用に作られたコルクは長いはずだ。ここに粉々になっているコルクをつなぎ合わせてみても長さがそれには満たない。

コルクはカビ臭がした。小皿に欠片を集めて、山本の前に置く。

「残念ですが、カビ臭があります」

山本が無表情で小さく割れたコルクを手に取った。頼子はテイスティング用の小さめの強化グラスを瓶口に近づけて、底にある澱がなるべく舞い上がらないように注意して注いだ。コルクの皿よりも山本寄りに強化グラスを置き、右の掌で「どうぞ」と促す。

「ブショネやね。カビ臭いわ」

山本は口をつけずにグラスを突き放した。

「どれどれ」

「うわぁ、ほんまや、これはあかん。香りが悪くても飲めるケースがあるけど、これは完全に劣化しとる」

テイスティンググラスが九名のテーブルの上で回される。

「仕方ないですよね、ブショネは。このワインは下げてもらって、別の物を用意していってもらいましょう。いいですよね、山本さん」

野村がさも残念そうな口調で山本にたずねる。

「そうやね、ブショネはしょうがない」

山本は落ち込む様子もなくまた元の半笑いに戻っていた。

「今回はブショネで助かったんやない？　ここのお店はホテルのレストランでもないし、それほどの高級店でもないからソムリエールさんも古酒の扱いに慣れてはらへんやろうし。普通は扱いの難しいワインがあったら抜栓のタイミングとか所有者である僕に相談の連絡してこなあかんよね」

山本は背もたれに寄りかかって脚を組んだ。

「知らへんのかな、二、三日前に開けておかないと美味しくならない古酒もあること。ソムリエールさん、ホテルとか、もっと高級な店で修行したことあんの？　ないんちゃう？」

さらさらと話し始めたので、山本の嫌味が自分へのものだと頼子は途中からじわじわと気づいた。

山本はさらに続ける。

「こういうことでもないと街場のソムリエは古酒の勉強できへんよね。本来はワインのサービス料なんてとったらあかんと思うよ、三流の店では扱えへんようなワインを勉強させてもらっとるんやし」

「山本さん、それは失礼や。そんなこと言うたらあかん」

『大仏さま』が山本に注意した。

次第に強くなってくる怒りを、頼子は鼻の呼吸で逃がす。

「私はたしかに、古酒や有名銘柄の高級ワインを扱う機会があまりありませんが」

発声の最初、頼子の声は震えた。

「街場のレストランの仲間との勉強会で何度かそういうワインを開けたり飲んだりした経験はあります。秦の始皇帝陵と兵馬俑ってご存知ですか？」

突拍子がない頼子の問いに、九名が驚いた顔をして一斉に頼子を見た。

「ああ、あの、中国の、すごい数の兵士と馬の素焼きですよね」

九名の中の誰かが答える。頼子は頷いて続ける。

「そうです。あれは発見された瞬間はすごく鮮やかな色合いだったそうです」

「知ってます。一気に酸化して土の色になったんですよね、ほんの数分で」

野村が頷く。

「いくつかの古いワインは、グラスに注いだ瞬間から酸化が始まっているのが分かるほど味が変わっていきました。そのときに、兵馬俑の話を思い出しました。密閉されていた状態から解放されたときの酸化の勢いのすごさ――」

話している間も頼子の心臓は強く鳴りつづけている。山本は頼子の話を、怪訝そうに眉をひそめて聞いている。

「反対に、三十年以上前のヴィンテージなのになかなか開かないものもあって。デキャンタージュしても硬くて、先輩がもっと前から開けておけばよかったって言うのをきいて驚きました。そこまで酸化に強い、息の長いワインもあるんやなぁって。そやから経験数は少ないですけど、決してまったく知らないわけでも、古酒に触れたことがないわけでもありません。それにお客様のワインでサービス料をいただいて練習しているわけではありません。こちらのワインに関してはその必要がないと判断したのでご連絡はいたしませんでした。私は勉強不足でワインの知識も浅い……ですが、店は三流ではありません。召し上がられて……料理、いかがですか？」

「いえ、美味しいです、とっても。うちはワインのことは、ほんま分からへんけど」

『チワワさん』が前菜の皿を指さし賛同してくれた。ほかにも頷く顔が見える。

「ありがとうございます。厨房のスタッフは優秀です。私は誇りをもって料理を運んでますし、それに合うワインを一番知っているのは私です。一流に合わせる自信がここでならあります。どうぞ一度、私が選んだワインとお料理も試しにいらしてください」

　不意に、パチパチとまばらな拍手が背後から聞こえた。

「美味しいですよ、お料理もワインも。ゲビュ……なんやったっけ？　教えてくれたやつ、とっても」

　なんと、三名テーブルの女性たちが援護してくれた。

「知ってるんやったら、ええんやけど」

　その後の山本は大人しかった。

『ワイン好きの会』の会計は、野村がテーブルで会費を集めてレジまで持ってきた。全ての料理を出し終えた岩崎も会計のカウンターのところに出て、野村に挨拶をした。

「シェフ、今日はありがとうございます。チーズ、サービスしていただいて……どの料理もとても美味しかったです。皆さん満足しています」

「こちらこそ、ありがとうございます。お持ちになられたワインがまだ残っていたようでしたので、ちょっとサービスさせていただきました」

料理の原価の点で後ろめたい気持ちがあったのか、『ワイン好きの会』の肉料理のあと、岩崎はチーズの盛り合わせをふた皿サービスで出した。岩崎のことだからこれでも十分原価を抑えられているのだろうが。

「地鶏のモモ肉の皮がカリカリで、身の肉汁が逃げてなくて絶妙でした。ソースも噂で聞いていた通り濃厚で素晴らしかったです。ワインの銘柄を見てからシェフが料理を考えてくださったおかげで、いろんなマリアージュが楽しめました。……でも、今度うかがうときは持ち込みのワインじゃなくて、こちらのワインリストから選びたいと思います。そうすることでシェフの料理を一番美味しくいただけると教えてもらいましたから」

野村が眼鏡のつるを持ち上げて頼子に笑いかけてきた。

「すみません……偉そうなこと言いまして」

頼子は恐縮して縮こまる。

「いいえ、本当にそうだな、と思いました。あの、名刺をいただけますか？　あなたの」

「私の名刺ですか……えーと。あ、はい……あ」

とっさにタブリエのポケットに手を入れようとして立ち尽くす。

「カッコ悪いで、頼子。自分の名刺くらい常に持っとかんか」

岩崎がレジの引き出しから頼子のオレンジ色の革の名刺入れを出してくれた。頼子は岩崎に「すみません」と頭を下げ、名刺入れから一枚自分の名刺を抜き出して「よろしくお願いします」と野村に渡した。

「頼子さん」

岩崎が「頼子」と呼んだせいだろうか。野村が下の名前で呼んだので頼子は少し驚いた。

「今度は頼子さんにワインを選んでもらいますね」

「ええ、ぜひ……」

「エスプレッソいただいたら解散にしますので、もう少しだけ座っていてもいいですか？」

残っている客は『ワイン好きの会』の九名だけだった。

「もちろんです、ごゆっくり」

頼子は席の方へ手を向けて野村を誘導する。野村が岩崎に会釈して席に帰って行き、会計カウンターから見えなくなると、

「うまいことやったな、頼子」

岩崎が会計カウンターの内側に折り畳み式の丸椅子を広げながらニヤニヤ笑う。

「遠山が厨房で言いよったで、『頼子さん、めちゃカッコよかったんですよ』ってなぁ」

（うわー、もう、なにを言ったんや、遠山君）

「あのスカしたサラリーマン、えらいお前を気に入ったようやし。これからもっとええ客連れてくるようにしっかり摑んどけよ。俺は俺なりに餌まいてやっといたし」

「餌？」

「チーズや。これからちょいちょい来そうな気ィしたし、サービスしたったやんけ」

「餌とか、ほんとそういう嫌らしい言い方やめてください。犬やないんですから」

ふんっと岩崎は鼻で笑い、

「犬とはちゃうか」

含みのある独り言を言った。

野村は岩崎の予感通り顧客となるだろうか。

(ワインの雑誌は定期購読するか、財布は厳しいけれど……)

久しぶりにワイン勉強会の記憶、ワインノートの記録が役に立った。苦手、苦手と逃げていても前に進まない。自信をつけるために、もう一度勉強し直そうか。ワイン通がやってきてもひるまないように。ワインについて詳しくなりたいと必死だった頃みたいに。

頼子は自分の名刺入れをタブリエのポケットにしまい、ドリンクカウンターに戻った。

5章　理想の未来と現実のスペシャリテ

「今日は贅沢まかないの日か〜」

　頼子は定位置にドカリと腰を落とした。美奈と遠山もテーブルを囲む。

　本日のまかないはランチメニュー試作の試食を兼ねている。テーブルに並ぶのはまかない用の安い皿や茶わんではなく、営業で使われているノリタケやジノリだ。ガラス質が光る金縁の白皿には褐色のソースがかかっている豚のステーキ、ライオンヘッドスープボールにはレンズ豆のポタージュが盛りつけられ、グリーンサラダの皿も並ぶ。営業ではバケットをのせる皿に白飯が盛られているのが唯一まかない仕様だ。

「このテーブル、クロスかけなくてもきれいやから、こうして営業用の皿を並べるとこのままランチ営業できそうですよね」

　遠山が並ぶ皿の隙間に見えるテーブルの細工を指して言う。

　テーブルクロスは汚れると洗濯代がかかるので、まかないのときには敷いていない。営業中は白いクロスで隠れてしまう鏡面仕上げの木製テーブルの天板には、縁から三センチくらい内側を赤、緑、白そして金色の並んだラインが入っている。

「結構高かったらしいで、このテーブル。よく自慢されたよなぁ、美奈」

十数年前、店を始めるときに岩崎は店のスタイルをビストロのようなカジュアルなものにするか少し高級感のあるレストランにするか迷ったらしい。資金が潤沢にあったわけではなかったので、食器類のグレードを問われないビストロに決め、店の内装工事に入った。

将来店の形態をレストランにすることも考えて、内装には金をかけたと岩崎は言う。ビストロならテーブルクロスも要らないし、和食でいう箸置きのようなカトラリーレストを使って料理ごとにカトラリーを交換する手間も省ける。それでテーブルクロスを敷かなくても見栄えがする装飾つきテーブルを選んだ。

しかし、オープンの日が近づくにつれ、やるからにはやはり本格的なレストランをやりたいという気持ちが起きて、結局テーブルクロスを使うスタイルの店にしたという。

「どうせクロスで隠れてまうんやったらもっと安いテーブル買うたらよかったんや」

この話をすると、岩崎は決まってそう愚痴る。

「もっと金があったら」岩崎はよくそう前置きをして「花も造花やなくて生花にする」「絵も飾れる」「もっと高い食材を使える」と理想の店に足りていない部分を挙げる。目指す店と実現可能な店の狭間で、あの岩崎だってもがき奔走している。

「シェフはこのまかない食べてから行った？」

頼子はグレーと茶色の入り混じったレンズ豆のポタージュに、スープスプーンの先を沈め軽く混ぜた。

「営業中に隙を見つけて厨房で食べていました。準備があるからって最後のお客さんのメインを出し終えたらすぐ裏口から出ていきましたよ」

美奈が自分の前に並べてあった肉用のナイフとフォークを取りながら答える。

「三時半からって言ってはりましたっけ、授業」

遠山が美奈を見る。

「うん、そうみたい」

美奈は遠山にそう返事して、頼子に視線を移す。岩崎はときどき、近所の料理教室に特別講師として出向いている。

「シェフ、料理教室の仕事、結構いいお金になるみたいやね」

「あれのおかげで売り上げが伸びへん日があっても多少安心できるとか」

「『店がつぶれたら俺は講師で食っていく。お前らは自分でなんとかせい』って言われましたよ、俺」

「そうなん？　まぁあれはあれで講師とか結構向いてるかもね。自信もあるし、説得力ある話し方もできるし」

頼子は豚のステーキをひと口サイズにカットして褐色のソースを絡める。

「豚のソースなに？」

「マデラです」

美奈の返事に頷きながら咀嚼する。マデラはポルトガルの酒で、通常のワインと同じようにブドウ果汁を醗酵させて作られる。醗酵の段階でエタノールを添加してアルコール度数を上げた酒精強化ワインというものだ。

「うん、おいしい。ほんのり甘い感じが豚の脂によく合うな」

「マデラと玉ねぎの甘みです。このソースは頼子さんがタブリエに来る前にディナーで出してたことあるんです。そのとき、シェフはブルーチーズのソースと合わせて二種ソースにしてました」

美奈もフォークを口に運ぶ。

「ブルーチーズのソースと合わせてって、それも旨そうですね。マデラのソースだけでも十分旨いけど」

遠山は本当に美味しそうに食べる。

「ランチのメニューにすると、ブルーチーズはちょっと原価が高いんですよね。それに、マデラのソースってバター混ぜる前なら三日くらい冷蔵保存できるんです。来月はクリスマスもあるし、なるべく作り置きできるソースでいきたいなぁと思って」

「なるほど。このメニューは来月のランチメニューに採用決定？」

「さっきシェフにも試食してもらって、オッケーもらいました」

「クリスマス忙しいんかなぁ。十二月ほんま嫌いや」

小さな飲食店の従業員は日常的に信じられないくらい長い時間働いている。大手の企業なら完全に、ブラックだと言われて問題になるくらいに。クリスマスの時期などさらに労働時間が増えて、地獄だ。

頼子と美奈の会話を聞いていた遠山が、「やっぱクリスマスあたりはどこの店も休みなしですか？」と水のグラスを取りながら言う。

遠山などは普通に大学を卒業していたら、クリスマスに彼女と食事をしに来る側の人間になれたのに。

「遠山君、クリスマスあたりに予定があんの？」

顎を突き出すようにして、頼子は遠山の顔を見た。

「いやないですけど、年末バタバタする前に、行けたら一回飯を食いに行きたい店があるんです」

「へー、どこ？」

頼子が訊くと、美奈もカットした豚肉ステーキを口に入れて「うんうん」と首を縦に動かす。

「リヴィエールさんって行ったことあります？」

「私は二回行ったで。高級感ある店やったわ。若いシェフで……なんて言う人やったっけ」

「河田シェフです。俺、最近雑誌で見ました」

「そうそう、河田シェフ。独立する前に……あれ？　あの人って美奈と同じ店で働いてなかった？」

ゴクリと美奈が肉を飲み込む音が大きく鳴った。喉を詰まらせたのか慌てて水を流し込んでいる。頼子は遠山と目を合わせて美奈が話し出すのを待つ。待たれているのが分かると美奈はあからさまに挙動がおかしくなった。

「や、でも、よく知らなくて……。お店……行ったことありません」

途切れ途切れ言い、握った右手で胸元をトントンと叩く。

「行ってないの？　元同僚の店やのに。まぁ、あそこは、ひとりでランチっていう店でもないけどな」

「そうなんですよね。俺も、どうせならディナーのメニューが食べたいんですけど、どうもひとりでは行きづらくて」

「コースの金額設定も結構強気やもんな。ああ、そうや私、一回目は前の店の同僚と行って、二回目はワイン会の友だちと六人で行ったんや。次郎さんが汚れたジーンズ履いてきて、慌てて皆で次郎さんの服買いに走ってん。ほんで予約時間に遅刻した迷惑な客やったわ。遠山君なら食事に誘える人いくらでもいるんちゃうの？」

「いないですよ、そんな気軽に誘える人は」

「あ、ほんなら美奈と一緒に行ったらええやん、遠山君。ふたりともひとりでは行きにくかったんやったら、ちょうどええ」

「ええっ？　わ、私は……別に行かんでも……いいです」

美奈がぎこちないナイフ使いで肉を切る。

「美奈さん、それ、俺軽く傷つきます」

「や、ちがう、遠山君が嫌なんちゃう。あんな高級そうなとこ、ちょっと、私は……。頼子さんが行ってくださいよ」

「予定ないやろ、美奈は。私はあんねん、予定が」

「うそ」

「嘘ちゃう。……野村さんにとうとう誘われてしまった。次の休み」

「え！」

美奈と遠山が同時に声を上げた。

野村はこのところ毎日ランチにやってくる。店の近くに営業を担当している病院があるそうだ。野村に紹介されてやってきたその病院の先生も岩崎の料理を気に入り、家族で食事に来てくれるようになった。岩崎にとって野村は『ええ客』になっている。「お前、あれいっとけ。まずまず金持ってそうや。お前にはもったいないくらいの物件やろ」と、岩崎に下品にけしかけられたりするのが煩わしい。

「でぇと、するってことですか？」

デート。美奈の口から出るとカタカナに聞こえなくてぴんと来ない。

「そんな甘いもんちゃう、テストよ、テスト。野村さんの会社の近くにワインバーができたんやって」

頼子は隣の椅子に置いたワインの雑誌を開いて見せる。赤ペンチェックと付箋が貼りついている。

「こんなお洒落な雑誌を、こんな風に受験生みたいに読んでんの、私ぐらいやで」

「でも……その、あるんですか？　もしかしたら、今後……お付き合いとか、……野村さんと」

美奈がしどろもどろにうかがってくる。

「今んとこ、ない。そもそも、あの人そういう風に私を見てるんかな。ワインのことしか話したことないから、ちょっとお誘いにのってみようかと思ってん。私もワインの知識が足りてへんのは自分で気にしてるとこやし、こうして野村さんに合わせることでそこを補えたらそれもええかって……そやから、河田シェフのお店はふたりで行ってきな」

美奈が溜め息をついて肩を落とし、遠山が「美奈さんがそんなに嫌なら……」と言いかける。

「そやから遠山君が嫌なんちゃう、店が嫌なんです。敷居の高い店が」

「美奈さん、そこまで緊張せんでもええんちゃいます？　内装とか豪華かもしれへんですけど」

遠山がそう言ったとき、遠山の手元に置いたキッチンタイマーがピピピと鳴った。

「あ、時間です。フォン・ド・ヴォーの二番。美奈さん、俺先に行きますね」

「あ、うん、シノワで漉して。あんま潰さんようにね、肉も野菜も」

美奈は残っていたグリーンサラダを大きめのひと口で食べる。

しばらくすると、遠山が厨房でステンレスのキッチンポットを用意している音が聞こえてきた。

「美奈」

頼子は美奈の方へ椅子ごと移動して体を寄せる。「なんですか？」と美奈はもぐもぐと忙しく動いている口元を手で覆い、少し後ろへ身を反らした。

「美奈の元カレって、河田シェフ？」

美奈の目が瞬きを忘れて固まる。

「あ、やっぱり。店に行きたくないんやなくて、元カレに会いたくないんやろ」

「カレちゃいますっ、やめてくださいよ、そんなこと言うたら怒られますっ」

泣きそうな赤い顔で必死に否定されるほど、ますます強く確信する。

「どうかしました？」

遠山が厨房からのぞいてくる。

「なんでもないよ、もう行く」

美奈は食べ終えた自分の食器を重ねて勢いよく立ち上がった。

「遠山君、次の休み、リヴィエールさんのディナー、美奈と遠山君の二名で予約取っといてな」

頼子はあえて美奈の方は見ず、人差し指と中指を立てた右手を遠山に向けてニンマリと笑ってみせた。

遠山とふたりで、河田の店に行くことになってしまった。

昨夜頼子に「なに着て行くん」と聞かれて、就職活動のときに着た黒のリクルートスーツを引っ張り出して見せたところ盛大に呆れられた。今着ている、膝上丈で裾が揺れるピンクベージュのワンピースも、キャメルのAラインコートも、今朝頼子に連れられて駅前のファッションビルで買ってきたものだ。

「こういうのは、徹底的に見返してやらなあかんねん」

河田とのことは頼子に一切話してないのに、サービスマンの勘というやつでだいたい想像できてしまっているらしい。頼子は美奈の髪のセットもメイクも念入りにしてくれて、黒のチェーンバッグとベージュと黒のコンビのパンプスを貸してくれた。美奈は玄関の姿見にうつる自分の姿を見るのが照れくさかった。

「逃がした魚は大きいって思うはずやで。遠山君のエスコートやし、完璧や」

頼子にそう言われて送り出されてきた。

（とにかく西口改札や）

遠山との待ち合わせ場所を目指す。

背が高いということは待ち合わせにも便利なものだ。平均よりも頭ひとつ高いところにある遠山の顔は、遠目にもすぐに見つけられた。トレンチコートというのかピーコートというのか呼び方が分からないけれど、明るいブルーのコートがよく似合っていて人目を引く。

姿を見つけて安心したら今度は緊張してきた。男の子と待ち合わせて出かけるなんて初めてなのだ。

(勉強のために後輩と食事に行くだけやん)

背筋を伸ばして気持ちを立て直せば、またちがう自分が、

(服まで新調して？　バッチリメイクして？)

と、おせっかいな疑問を投げかけてくる。変な気合を入れてきたように思われて遠山にひかれないだろうか。

「あっ、美奈さん、おはようございます。うわー、なんか今日、めっちゃかわいいですね」

なんでこの人は、こういうことがさらりと言えるのだろう。遠山のこなれた態度に久しぶりに嫉妬した。

「おはよう。遠山君は、いつもかっこいいよ」

少しぶっきらぼうな言い方になってしまう。

「あ、ああ、そうか、すみません。美奈さんも、今日だけとちごて、今日もかわいいです」

美奈が引っかかった部分とちがうところを遠山が謝ってきて、思わず顔がほころぶ。

「俺このところひとり飯が多かったんでうれしいです、今日は美奈さんに付き合ってもらえて。行きたくなさそうやったのに、すみません」

「いや別に、行きたくないわけでは……一度は行ってみなあかんと思いつつ、高級なお店やって聞いてなんかしり込みしてたんや。そやから、私も遠山君に一緒に行ってもらって助かる」

「ほんまですか？　よかった。俺も同業丸出しでリヴィエールさんひとり飯はちょっと勇気が要りました。女の人と行けたら店の人も普通にカップルやと思ってくれてその店のいつも通りのサービスとか料理が見れるんちゃうかなって思って、楽しみなんですよね」

「ああ、そうやなぁ、なるほど」

「ね。美奈さん、それでいきましょう。同業とか、なるべくばれないように、普通を装って」

「装う」という言葉の響きにワクワクする。

同業者が勉強にやってくると店側も少し構えるのは分かる。頼んでもいないのに凝ったソースに変更されていたり、メニューとちがう特別な食材を使ってくれたり、ドリンクのサービスがあったりすることもある。しかし、せっかくなら変に色をつけられるよりもありのままの営業風景や料理を見たい。

頼子の情報によると、食後の飲み物が出る頃に、河田は客に挨拶するため厨房からレストランホールへ出てくるらしい。美奈が来店したことに河田が気づくのは最後の最後だ。

遠山との関係も説明せず、ただ「ごちそうさま」と伝えてさっさと帰ってしまえばいい。

「ほな、行こか」

美奈はまっすぐに改札目指してパンプスを鳴らす。

「美奈さん、切符、切符」

「あ、忘れとった」

慌てて方向転換しようとしたら美奈のすぐ後ろを歩いていた年配の女性にぶつかりそうになって、遠山に腕を引っ張られる。

「店で自然に振る舞えるように、もうここから手でも繋いどきましょうか」

遠山はそんな冗談を言い、券売機でふたり分の切符を買ってきてくれた。

須田酒店は地下一階、地上四階建ての自社ビルで、二階までが店舗や事務所でその上は須田家の住居となっている。駅にも近く、大通りに面しているというなかなかの好立地だ。
一階は日本酒とビール、ワイン以外の洋酒などが主に置いてあるフロア。入り口の自動ドアから入ると、まず季節のおすすめ商品が一番目につく棚に並ぶ。今なら渋みのしっかりした濃いめの赤ワインとか、鍋に合う日本酒。近くにそれらの酒に合わせたチーズやつまみが入った冷蔵ショーケースもある。その奥がレジで、だいたいそこに次郎の母親と兄

の一夫がいる。

「おお、頼子ちゃん、いらっしゃい。次郎なら下やで」

一夫がレジ横の階段の方を向いて教えてくれる。少しぼんやりしていた頼子に、

「あれ？　次郎に用事やないの？」

と次郎の母親が聞く。

「あ、ああ会ってきます」と笑って答える。次郎の母親は頼子に次郎を勧めてくれたことがある。『頼子ちゃん、やっぱバツイチはあかんかなぁ』という軽いものだったけれど。

野村の誘いにのった瞬間、頭に次郎の顔が浮かんだこととか、野村に会う前になぜか次郎に会っておこうかと思ったこととか、いっそ次郎に話してしまおうかと悩む。

地下の扉は大きな二枚扉で、ワイン庫の一定に保たれた空気が隙間から漏れないように扉の縁にびっちりとゴム製の隙間テープが貼られている。荷物を抱えたままでも行き来できるようにスイングドアになっていて、押しても引いても開く。

ワイン庫は照明が控えめで、地下なので当然だが窓がなく閉鎖的だ。金属製の棚と木製の棚、積み上げられた木箱や段ボールにワインが所狭しと収納されていてちょっとした迷路だ。

「頼ちゃん、いらっしゃい。なんか探しもんか？」

ナイロン製ブルゾンを着こんだ次郎が棚の隙間から覗いていた。

「埃かかった箱にもたれかかると、きれいな服が汚れるで」

「いや、別にきれいやないけど」

ダークグレーのニットコートにエンジのストール。足元は細身のパンツとハーフブーツ。さっきの美奈に比べたらまったく甘さのないコーディネートだ。

「これから出かけるんか？」

「うん、まぁ、新しくできたワインバーに」

「新しく？　どこやろ。うち使ってもらってるとこかな」

「あ……そうか、なんてとこやったっけ……忘れた」

「忘れたんかい」

「うーん、お客さんが連れていってくれるって……誘ってくれて」

「珍しいな、そういうの断る主義だったんちゃうの？」

「断る主義というか、私、あんまりお客さんに声かけてもらったことがなかったしな」

「ふーん」と、次郎が頬子から目を逸らす。なにか言うんかな、と黙って次郎の横顔を見て待つ。沈黙の終わりはすぐにきた。

「次郎、リストランテボーノさんのパーティー用にうかがってた白を三ケース上げて」

次郎の母親の声が、次郎の首にかけていたインカムのイヤホンから聞こえる。

次郎はインカムのマイクに返事をしてから、

「もう暗いし、なるべく人通りの多いとこ通って気ィつけて行きよ」

お父さんみたいなセリフを残してワイン庫の奥へ走っていく。ブルゾンの背中にしょっぱい顔したコーヒーのおじさんのイラストが貼りついていた。

河田が経営するフレンチレストラン「リヴィエール」は洋館風の二階建てだ。照明の効果で白い石造りの壁が浮かび上がって見え、大きな窓には鉄格子がはまったような凝った飾りが施されている。改装には相当お金がかかっているだろうと噂されている通り、重厚感のある佇まいに美奈は圧倒される。

エントランスには大理石の柱が二本あり、ドアの前に置かれたディナーメニューのスタンドをスポットが照らしている。クラシカルな木製のドアはところどころに厚いガラスがはめ込まれており、遠山がドアを引こうとするよりも先に店の内側からドアが開いた。

出迎えてくれたのは、濃紺のスーツ姿の男性。磨かれた革靴とオールバックにまとめられた頭髪の整髪料が、石の床と同じようにシャンデリアに照らされてピカピカと光る。胸の名札には『ホールマネージャー　海野』とある。

「お待ちしておりました。よろしければこちらでお召し物をお預かりいたします」

日頃愛用している軽くて暖かい安物のダウンコートを着てこなくてよかったと、美奈は心から頼子に感謝した。短すぎるかと気にしていたワンピースの裾の長さなど問題ではなくなった。

遠山がやんわりと美奈の肩に手を置いて、美奈に自分の前を歩くよう促す。触れられたことにドキリとして美奈は遠山の表情を窺う。照れくさそうに深く唇を噛む遠山の顔がほのかに赤みを帯びている。遠山が恋人らしい演技をしていると悟り、美奈は必死に笑いをこらえた。

店内は広く、石の床から群青の絨毯敷きのメインフロアに移る。美奈は思わず感嘆の声を漏らした。壁が一面大きな窓になっていて、手入れの行き届いた洋風の庭がライトアップされて浮かび上がっている。部屋の真ん中には秋らしい暖色系の色調の鮮やかな大きな花のアレンジがあって、客席はその周りに配置されていた。

白シャツの若い女性スタッフが「いらっしゃいませ」と声をかけ、美奈と遠山の後ろにつく。窓と反対側の壁はドリンクカウンターがあり、ソムリエバッジをつけた黒いベストを着た男が会釈した。

「……こんだけ広いと、たくさんスタッフが要るんやな」

遠山は独り言のつもりだったようだが、美奈は深く頷いた。

海野が窓際の真ん中の席の前で立ち止まり振り返る。

「本日はこちらのお席をご用意しております。お荷物はお足元の籠をよろしければお使いくださいませ」

海野と女性スタッフが美奈と遠山の席から離れた。ふたりの気配が完全に遠のくと、

「遠山君、ほんまに演技すんねんもん。笑いそうになったわ」

「あ、分かってもらえました？」

ふたりで俯いて、くつくつと笑い合った。

「遠山君？　なんや、遠山君やん」

おしぼりを持ってきた若いサービスマンが遠山を親し気に呼んできた。思いがけず名前を呼ばれて遠山が顔を起こす。

「え？　あ……大西」

「久しぶりやな～。卒業して以来やん」

遠山は気まずそうに美奈に目をやる。

「こいつ、専門学校で一緒やった」

「大西です」

胸につけた小さな名札を軽くつまんで見せる大西は、低い鼻のまわりにそばかすが広がる童顔で、硬そうな黒髪を無理やり後ろへ流したオールバックはあまり似合っていない。

遠山と専門学校が一緒だったということは、まだ二十歳ぐらいだろうか。料理人への道を遠回りしてきた遠山が、専門学校の同級生が若くて羨ましかったと言っていたことを美奈は思い出した。

「遠山君、店はどこに決まったんやった？　たしか……」

「ああ、えっと、今はそこやなくて、レストラン・タブリエに、厨房で」

「そうなんや、タブリエさんにおるんか。タブリエさんには一回飯食いに行ったで。ちょっと厨房に伝えてくる。どうぞごゆっくり」

大西は足早に厨房があると思われる方向へ去っていった。

「すんません、美奈さん。普通の客の振りしようって言うてたのに」

遠山が美奈の方へ体を傾けて小声で囁いた。

「しゃあないわ、知り合いがいたんやし」

遠山の恋人ごっこの演技をもう少し見てみたかった気もするが、遠山のおかげで河田の店が気の重いばかりの場所ではなくなっていた。

「遠山君がおってくれてよかった。ここにひとりで来てたらすごい居心地悪そう」

「俺もです。個人の店でこの規模でこの高級感ってすごいですよね。ウエディングも受けてはるからでしょうけど、クロークとかウェイティングスペースもお金かかってるし。河田シェフってお金持ちなんですかね。こんな店ってどれくらい資金があったらできるんやろ」

「……さぁ、どうなんやろ」

河田がどんな家柄の人なのかは知らないが、特に裕福だとは聞いたことはない。「金持ちの嫁さん」「ジャガーの嫁さん」という妬ましい岩崎の声がどこかから聞こえてきそうだ。

「遠山君もやっぱり、自分のお店を持ちたい？」

「そうですね、いつかは」

美奈は飾り皿の上の店名入りの白いナフキンを取り上げる。ターコイズブルーとゴールドのラインで縁取られ、中央には洋風に描かれた松と柳。美奈の皿を見て遠山もナフキンを横へよける。

「おしゃれですね」

「一つひとつデザインちがいなんやろうか」

皿をひっくり返せばブランド名が記されているとは思うが、それをチェックするのはやめた。高級な洋食器ブランドの名前など美奈にはどうせ分からない。

自分の店を持つとしたら――。

買ってもいない宝くじの賞金の使い道を空想するように考えることはある。自分なりにこだわった食器を使って、自分なりの店を、と。しかし、美奈の考える「こだわり」はこの店のような高級さとはちがう。河田と一緒に店を、なんて夢見たあの頃の自分に美奈は苦笑いした。描いていた未来はもともとちがうものだったようだ。

「すごいなぁと思うんですけど、俺のしたいのとはちがいます」

ガラスの向こうの庭をまっすぐ見て話す遠山の瞳に、照明の光が映り込んで暖かいオレンジ色に光る。

「ほな、遠山君は将来……」

「いらっしゃいませ」

肩越しに声がして、美奈はそろりと顔を上げる。

「来るなら先にそう言っといてくれたらよかったのに」

高いコック帽をかぶった河田が、不満げな顔をして美奈の隣に立っていた。不意打ちにあった驚きで心臓がボリュームを上げて速いビートを刻む。

「髪、伸びたな。化粧とか……なんかすっかり雰囲気が変わっちゃって、美奈ちゃんやと分からへんかった」

(美奈ちゃん?)

河田にそんな呼ばれ方をされていた覚えはない。高揚した気分に冷えた気持ちが一気に流れ込むように美奈の心は静かになった。

「シャンパン、サービスさせてもらうな。飲むやろ?」

美奈の返事は聞かず、河田は後ろに控えていたソムリエの男に「注いで」と合図した。

「今日はこれから二階の個室で貸し切りの予約があって厨房がバタバタしてるんや。そやから美奈ちゃん、料理のメニューはこっちに全部任せてもらわれへん? たっぷりサービスさしてもらうし。……なにか、アレルギーとか、どうしてもあかん食材とかある?」

美奈はちらりと遠山を窺う。ふたりの意向とはどんどん離れていってしまうことに美奈は戸惑って眉を下げた。遠山は口角を上げて目を細め、「いいえ、特にありません」と首を横に振った。

「私も、ダメなものはないです。お任せメニューでお願いします」

「ごめんな、ほな、そうさせてもらいます。また手がすいたら出てくる」

河田は遠山にも申し訳なさそうな顔を見せる。遠山がかしこまって頭を下げるのを見届けて、河田はせわしなく美奈と遠山の席をあとにした。

「ごめん、遠山君。いつも通りの店の姿、見られへんようになってしもたね」

「いえ、こっちも面が割れてますし。メニューはだいたいネットで見てきてます。お任せメニューなんて贅沢ですよ。やっぱ、ラッキーです」


バターと突き出しをテーブルに運んでくれたのは大西だった。

「アミューズはチェリートマトとカニクリーム、サーモンのマリネ、ニンジンのムースの三種でございます」

小さなトマトは種の部分が取り除かれていて、中に白いカニの身を使ったクリームが詰められている。サーモンは二センチ角のサイコロ状、星形の口金で絞られたニンジンのムースはひと口サイズのバケットにのせられていた。赤とオレンジの料理を白い皿がより鮮やかに見せる。

「トマトから時計回りに、どーぞ。最後のサーモン、マジ美味いっすよ。これ」

大西がサービスマンらしくない口ぶりで勧める。

「お前、ここのサービスに合ってないやろ、それ」

遠山は眉間に皺を寄せ、アミューズ用のフォークを取る。

「マダムもおれへんし、海野さんも二階のサービスに行かはったし、気が楽やねん、今日」

マダムということは当然河田の奥さんだ。あの日市場で「嫁さんには店にまったく関わらせてない」と言っていた、奥さん。

「この店、ほとんどマダムの趣味やで。内装からなにから。サービスに関しては、最初の頃は受付でお客さんに挨拶する程度やったんやけど、だんだん細かいとこまでマダムが口出すようになってきてな、面倒やねん」

大西はベラベラとよくしゃべる。ほかの客にまで聞こえないか美奈の方が心配になってしまう。

「言うてもうちのマダムはサービス経験のない素人なんや。海野さんともちょくちょくやり合ってる。海野さんの言うことが正しいかって言うとそれもまたちゃうんやけど。河田シェフはマダムに頭上がらへんし、俺らスタッフはみんな呆れて……あ、でも、マダム妊娠したみたいで」

「大西、もうええよ。そんな話は俺ら聞きたくない」

遠山が珍しく不機嫌さの滲んだ声を出した。そこにリヴィエールのソムリエが、大西のすぐ後ろまできて声をかける。

「ターブルアン、バッシング」

一番テーブル、片づけてという意味の声をかけられると、大西は「はーい」と気の抜けた返事をして、のそのそと角の四名テーブルまで歩いて行く。大西の後ろ姿を見るソムリエの顔は舌打ちでも聞こえてきそうな尖ったものだった。

それから大西は近づいてこなくなった。前菜も魚料理も別のスタッフが運んできた。

「遠山君、たしかに大西君やほかの専門学校の同級生は早くから料理の道に入ったけれど、遠山君はもうあの子たちよりずっと先に進んでいる。焦らんでええよ。気持ちが全然ちがうやん。上手く言えんけど」

「分かってます。もう、大丈夫です。久しぶりに専門学校で焦っていたことを思い出して、大西の態度にイラついたけど、羨ましいとは思いませんでした」

ミート用のナイフとフォークのセットを残すのみとなったテーブルの上で、遠山が大きな両手を組んだ。

美奈はグラスを取ってシャンパンを口に含む。グラスの半分ほどに減っている。頬がかなり熱くなっているが気分は悪くない。

「私も。もう羨ましくなかったわ」

奥さん。

「そうですか。ほんなら、よかった」

遠山も残りひと口ほどの白ワインのグラスを傾けて空ける。

遠山には美奈の羨ましかった相手が誰なのか分からなかっただろうに、「なにが」とは聞いてこなかった。

リヴィエールはトイレもゴージャスだった。

大理石調の白と茶色のマーブルの床で、壁紙はピンクベージュのバラの模様。壁のライトはアンティークのキャンドルスタンドを象っている。手洗いの大きな鏡もライトのデザインに似た金のフレームだ。手拭きのタオルはエアーでもペーパーでもなく、店の名前が入った小さなタオルが籠に並べられて用意されていた。

美奈は化粧室の扉を出て、クロークにいるソムリエのもとへ向かう。テーブルチェックだろうと思ったが、ここで支払いができるかをたずねた。

「こちらの金額でいただくようにとシェフから言われております」

会計用バインダーにのせて提示された合計金額はふたりで一万円になっている。

「これ、おかしくないですか？　コースの金額も安すぎるし、ドリンク代も入ってません」

最初に河田がサービスしてくれると言ったシャンパンのほか、遠山は白と赤をそれぞれ一杯ずつグラスワインを注文し、最後にソムリエに勧められたデザートワインも頼んだ。

美奈が躊躇していると、

「シェフにもう一度確認してからお席にお持ちしましょうか」

ソムリエが少し意地悪そうに笑った。

「差し出がましいようですが、女性のあなたが支払ってしまってよろしいのですか」

「私が先輩ですから。遠山君はまだ一年目ですし」

「給料低いですもんね、この世界」

美奈の給料でも手取りで二十万円に届かないが、一年目の遠山は当然もっと低い。今日の食事は遠山の分まで持つつもりで用意してきた。これ以上口を出されたくなくて、美奈は財布から出した一万円札を急いでバインダーに挟んで返した。

微笑をたたえたソムリエの顔が美奈はどうしても好きになれない。

「実は僕、あなたに興味があるんです」

「興味？　……それはどういう意味ですか」

ソムリエは美奈に名刺を差し出した。０８０で始まる電話番号が手書きされている。

「岩崎シェフが随分あなたのことを誉めているらしいんですよ、市場で。もうほとんどの仕事を任されているんですよね。うちのシェフがいつも自慢されるってボヤいています。それで、失敗したって言うんです。あなたを自分の店に引っ張ればよかったと」

「え……」

「うちの料理食べて、どうでした？　正直、あまり美味しくなかったでしょう」

美奈は否定できなかった。

大西に訊いたサービスの面の問題もさることながら、河田の店は厨房も大変そうであることは料理を食べて分かった。

出された料理の全てが雑だった。前菜の魚介のジュレ寄せは皿の縁にジュレが飛び散り指紋の跡が見え、魚料理のヒラメは火が入り過ぎていて身がパサついていたし、つけ合わせの野菜をのせ忘れたとかであとから別の皿に野菜が盛られて出てきた。蝦夷鹿とフォアグラのパイで包んだ料理は中が冷めていたし、フランス産の鳩の料理はソースのバランスが悪く塩味が強く感じた。

以前の河田の丁寧で優しい味わいはどこにも見られなかった。

大西のような入社一年目の厨房希望者がホールサービスに就いているということは、リヴィエールの厨房の人間の数は足りていると思われるのだが、戦力になる料理人がいないのだろう。建物や内装、備品の素晴らしさに比べて料理は残念な印象で、美奈も遠山も食事中あまり料理の話をしなかった。

「先月厨房の二番手、三番手を務めていた人間が突然辞めてしまったんです。リヴィエールには経験ある料理人がシェフしかいません。だからあなたくらいの年齢と経験のある人が欲しいんですよ。それから、僕も」

「……僕も？」

「ええ、言ったでしょう？　あなたに興味があるって。近い将来に独立したいと思っていまして、料理できる人を探しているんです。僕の方は店を開くにあたって実家の援助があるんで余裕があります、給料も今よりたくさん出せますよ」

「私は今のところ……」

「だから、考えておいてください。タブリエさんみたいに小さい店じゃ給料も頭打ちでしょう。あなたが居続ければ、あなたのもとにいる彼の給料だって上がっていかない」

「遠山君の……給料」

言われてみれば、その通りだ。遠山が技術をつけていけば、今までの後輩たちと同じ扱いというわけにはいかなくなる。美奈と頼子、遠山の給料をそれぞれ年齢と技術に沿って上げていくのには『レストラン・タブリエ』のような個人経営の小さな店では限界があるだろう。

順当に行けば、遠山が店を去るより美奈自身の卒業の方が早く来る。そうでなければ、技術面でも給料面でも美奈が遠山の邪魔をしてしまうことになる。

岩崎にも河田にも「ほしい」と言われる料理人になりたいと思っていた。ふたりを見返して、力を認めさせてそれで満足して……。

（それで私、どうなりたいんやろ……）

フロアへ戻ったが、遠山の姿はなかった。代わりに河田がテーブルの近くで庭の方を見て立っていた。

「遠山君、厨房の見学に行ったんや。大西に案内させてる」

「そうですか……片づけでお忙しいのにすみません」

「遠山君がえらい男前やから、うちのスタッフの女の子たちがめちゃくちゃテンション上がっとるで。付き合うとるわけではないんか、彼と」

「え、私が？　いえいえ、まさかまさか」

「そうなんか。きれいになったし、そういうことかと思っとった」

「そんなことより……ごちそうさまでした。あの、お支払い、してきました。すみません、いろいろサービスしていただいて」

　美奈は深く頭を下げた。バッグのチェーンが床に着かないように手に巻きつける。

「遠山君の分も出したんか？」

「ええ、まぁ」

「いい先輩やな」

「遠山君には、日ごろめちゃくちゃ助けてもらっているんですよね、私。そやから、たまには先輩らしくお返ししときたいな、と。安くしていただいたので全然たいした金額やないんですけど」

　美奈は髪を右手で耳にかけて顔を起こす。向かいに立つ河田を見たつもりだったが、対面したのはガラスに映って浮かぶ自分だった。河田が美奈に向かって頭を下げていた。

「ごめん。あの頃、俺、美奈ちゃんになにもしてあげてへんかったな。情けない先輩で申し訳なかった」

「そういうつもりで言ったわけでは……。私も、今までの後輩にはなにもしてあげていませんでしたし、遠山君にはいろいろ気付かせてもらったというか……」

「そうや、今度一緒に食事に行かへんか？」

　河田が顔を上げ、美奈に歩み寄る。

　美奈はあとずさりした。目線は河田の顔ではなく胸に入った店名の刺繍の辺りに下げる。袖口や胸の合わせに青い縁取りがある値の張りそうなコックコートだ。河田が伸ばしてきた右手には見覚えのある火傷痕。美奈がその手を避けて身を反らすと、河田は美奈に触れることはなく手をおろした。

「あの頃してあげられへんかったお返しというか、お詫びをするチャンスを俺にくれへんか」

「お詫び？」

「また、一緒に働きたい。うちの店に来てくれへんか？　ほんで、一緒によその店に勉強に行ったりしようや。和食なんかも結構ヒント貰えるし。そうや、この間オープンした店で……」

美奈は河田の唇の動きをぼんやりと追っていた。空元気な河田の話口調が衛星中継の放送みたいにずれて聞こえる。黙り込んでいる美奈に気づき、河田は話の途中で口を閉じて観念したように息を吐いた。

「……すまん。……正直に言えば、助けてほしい。うちの厨房は今、うまくまわってへん。料理食べて分かったやろ？　……ほんま、こんな図々しいこと言える立場やないこと分かっている。けど、美奈ちゃんかていつまでも岩崎シェフのとこに居るつもりはないやろ？　俺は暴力振るったりせぇへんし、うちなら岩崎シェフのところよりも給料は出せる。あ、それとも、独立とか……なにか考えているか？」

なにも。

考えてないから困窮している。寒くないのに口の中で歯がカチカチと鳴った。

この無神経な男は、妻も働くこの店に来いという。あの頃の美奈の気持ちを知っていながら。今も美奈の気持ちが自分にあると思って引っ張れるつもりでいるのだろうか。それとも、もう忘れただろうと思ってこうして厚かましく一緒に働いてほしいなどと言うのだろうか。

どちらにしても、河田と一緒に働く気はない。そう言ってやればいい。けれども、未来の展望がないこととの不安が美奈を弱気にさせる。「今はまだ、レストラン・タブリエで遠山や頼子と一緒に働きたいので」と断ったとしても、その次はどうするのかと問われれば答えられない。遠山の成長は速い。一緒に働ける時間は美奈が漠然と考えているものよりもたぶん、ずっと短い。

厨房の扉が開く音がして、ざわざわと人の話し声が聞こえてきた。パーテーションから遠山が姿を現す。

「河田シェフ、ありがとうございました」

「おう、どうやった？　使いやすそうやったやろ？」

「はい。広さが十分ですし、設備も最新で」

遠山は河田に答え、最後の方は美奈の顔を見て言った。

「すみません、美奈さん、厨房見せてもらってました。お待たせしました」

「美奈ちゃんも、ちょっと見ていくか？」

河田が促すように厨房へ向けて足を踏み出す。

「いえ、私は結構です。ごちそうさまでした。……遠山君帰ろう」

　河田の体の向きとはちがう方向へ美奈は歩き出した。


　エントランスから公道へ降りるまでに三段ばかりの大理石の白い階段がある。その階段をひとつ下りたところで河田に声をかけられた。

「美奈ちゃん、また電話する」

　河田の誘いに返事をしていなかったことに思い当る。答えはノーだ。それは決まっている。河田の店の従業員たちの目も気になるが、それだけでも伝えておこうか。進むか戻るか迷って、パンプスのヒールを階段にぶつけた。足元が揺らいで手すりに右手を伸ばしたら、美奈の体は左に大きく引き戻された。

「気をつけて」

　遠山の長い腕が美奈の脇を抱えるようにしてつながっていた。

「酔ってるでしょ？　掴まっといてください」

　遠山は少し機嫌が悪そうで、顔を前に向けたままで美奈を見ない。河田に頭を下げて歩き出す。リヴィエールの建物の前を完全に通り過ぎたところで、美奈は遠山の腕を離した。

「いくらでした？」

　遠山がぼそりと聞いてきた。

「ああ、すごい安くしてくれはった」

「払います」

「ええよ」

「ダメです」

「そやけど、ひとり五千円やで」

「え、ほんまに？」

「ね、安いやろ。ドリンクも全部サービスしてくれはって」

「いや、安い高いの問題とちゃいます。あとで、切符買うとき返します」

「意外と頑固」

美奈が呟くと、「それ、美奈さんが言いますか？」と呆れ口調で遠山が言ってきた。

「奢ってもらうんやったら、次は俺から誘えません」

「えー、ええやん、誘ってくれたら。たまには先輩面させてぇや」

この立場でいられるのもそれほど長くなさそうだから。

「なぁ遠山君、さっきの話の続きやけど、遠山君が将来したいお店ってどんな？」

「ああ、その話途中でしたっけ。別に、そんな具体的なことは考えてないですけど、普段の食事でも、記念日でも使ってもらえる店がええなぁって思います」

「普段の食事でも、記念日でも……」

「普段はビストロっぽい大皿の料理なんやけど、小さなウエディングみたいなのも受けら

れるような店です。そういうときはクロスを敷いて白い皿で、コース料理にして……って
ただの欲張りですね」
「アットホームなのにかしこまった席にも使えるってええね」
「いざ現実に店を持とうとすれば、理想とのギャップに愕然とするんでしょうけどね」
遠山が持つ店はどんなだろう。見取り図を広げて現実とのすり合わせを図り、悩みなが
らも楽しそうにしている。そんな姿を想像するのは難しくない。
「夢はないとあかんね……。私は、どうなりたいんやろ」
「ゆっくり考えたらいいですやん。美奈さんにはもう技術があるんやし」
ゆっくりはできない。美奈が長居すれば遠山の給料が伸びない。だけど今の給料では店
を持つ資金を貯められないではないか。
「河田シェフ、美奈さんに来てほしい言うてはりましたけど、俺は困るって言うときまし
た」
美奈は遠山の顔を仰ぎ見た。
「俺、まだ美奈さんに教えてもらわなあかんことたくさんありますもん。岩崎シェフに蹴
られながら叩き込まれるより、美奈さんに経験を踏まえて教えてもらった方が俺には分か
りやすい。河田シェフに美奈さんを引き抜かれたら困ります。そう言うたらダメでした？」
「……ありがとう」
こんなにうれしい気分だからこそ切ない。長くチームでいたいけれど、チームとして成

長すればするほど、美奈は次の道の選択を迫られる。

冷えた手をコートのポケットに入れようとしたら、

「そこ、段差ありますよ」

とゴツゴツした右手を差し出された。遠山の手は握るとジンとするほど温かかった。

「遠山君の手あったかいなぁ」

「美奈さん、手ぇ冷たっ」

同時に叫んだ。

「俺まだ酒が残っとるからあったかいんやと思います」

遠山が美奈の指先を掴んで熱を移そうとする。

「ええよ、遠山君。いつものことやから。私冷え性やねん」

遠山の手から自分の手を引き抜く。温かさから離れがたくなるのが美奈は怖かった。

6章　年末のほころびと希望のデクパージュ

怒濤のクリスマスディナー営業が終了した。黒いタブリエを外して、頼子は大きく伸びをする。

華やかだった店内も今は夢の跡。テーブルは汚れたクロスをはがされて、ずれ止めのシートだけがのった状態になっている。エントランスには業者に引き取ってもらうクリーニング回収袋が三つ。汚れたテーブルクロスとナフキンがぎゅうぎゅう詰めで、どの袋もはち切れそうだ。

世間に冬のボーナスという言葉が聞こえてきたころ、岩崎は従業員三人に白いポチ袋を配った。表にはかすれた筆ペンの悪筆で「寸志」と書いてある。

「しゃあないやろ、儲かってへんねん。これでも出したった方や」

言い訳なのかなんなのか、そのセリフももう何度も聞いたものだ。

(世知辛い)

頼子はパンくずが散っている床に踵をつけ、背を丸くしてしゃがみ込む。木目の床には、誰が落としたのかテーブルの脚の向こうにステーキ肉の小さな欠片や銀色のデザートフォーク、踏まれて粉々になっているマカロンなどもある。朝までそのままにしておくのも気が引けるが、頼子はクリームのこびりついたデザートフォークだけを拾って立ち上がった。

「頼子さん、片づけ終わりました？」

スイングドアから遠山が顔を出す。

「お疲れ、遠山君。ホールの作業はもう終わりにする。厨房はどない？」

「氷で冷ましているフォン・ド・パンタード（ホロホロ鳥の出汁）を分けて、真空かけたら今日はもう終わりです。クリスマスディナー始まる前にストックできるもんは結構たくさんストックしといたんでなんとかなりそうです。……その前に、俺らもちょっとクリスマス気分を味わいませんか」

厨房の電気は白い蛍光灯で、柔らかなオレンジ色である白熱灯のレストランホールよりも明るい。眩しさに目を閉じてからもう一度ゆっくり目を開いてみると、マッチ売りの少女の幻覚のような光景が頼子の前に広がっていた。ステンレスの調理台の上に、骨つき鶏の料理と薄切りのバケットにのせられた豚のリエットとサラダ、そして白いクリスマスケーキ。

「これ、パンタード？」

頼子は湯気の上がっている骨つきの鶏料理に顔を寄せた。

パンタードはホロホロ鶏のことで、フランス料理ではポピュラーな食材だ。動物園に行けばキジなどと一緒に飼育されている。青みがかった黒い羽毛に白い斑点が入った鳥で、鶏に近い白い肉だが、味わいはもっと野性的で旨味が強い。

「クリスマスランチの残りです。中途半端に余ったのは食べてええって、シェフが言うてくれて」

「クリスマスの日にクリスマスらしい食事って何年ぶりやろう。乾杯のお酒がないんが残念やな。去年は私、タブリエでの初めてのクリスマスでくたくたやったわ。誰ともしゃべらんと帰って、死んだように寝た。まだ美奈とも暮らしてへんかったし」

「去年はまだ、あんまり話したこともなかったですよね」

美奈が頼子の向かいの椅子に座る。

「美奈さんも頼子さんも疲れてるやろし、早く帰りたいかなとも思ったんですけど。美奈さんが大人になってからクリスマスパーティーしたことない言うから」

「そんなんする友だちがおれへんかったんやもん、私」

自嘲的なことを言って美奈が笑う。

「これからは俺らがいるやないですか」

ややこそばゆいセリフを口にして、照れ隠しのつもりなのか遠山が手の甲で頬を擦った。

ちょっと待って。君たちは来年もまたこの「俺ら」でいいのかと指摘したい。

（私はええ加減、彼氏とふたりでクリスマスを祝いたいで）

けれど、遠山の発言に美奈がうれしそうにも寂しそうにも見える微妙な表情をするので茶化せなかった。

このところ美奈は、仕事終わりに会話していてもどこか上の空なところがある。返事が返ってくるべきところで返ってこなくて、美奈の名前を呼んだのは一回や二回ではない。

美奈が気にかけている問題には遠山も関係があるのかもしれない。ふたりの間に特別な変化が見られるわけではないが、河田の店に行った日から美奈の物思いは始まった。

（なにをあんなにぼうっとして考えてるんやろ）

河田のところに行ってどうだったかと訊いたら、トイレもゴージャスでしたとか面白くもなんともない感想を言った。

（まさか、河田シェフへの気持ちが再燃したとか……）

「頼子さん」

名前を呼ばれて我に返る。

「あの、頼子さんの携帯、鳴ってます。たぶんメールやなくて電話」

遠山が頼子の黒いショルダーバッグを倉庫から出してくれたときには電子音は鳴りやんでいた。

「ああ、野村さんか。なんやろ、なにか用事やったんかな」

美奈も遠山も野村とはどんな関係なんだろうと探るような顔をして頼子を見ている。

「あのな。前にも言うたと思うけど、野村さんとはそういうお付き合いはしてないで、私は」

「それ、相手もそう思ってるんですかね」

遠山が眉間に皺を寄せて怪しむ。

「そやかて、それらしいことはなにも言われてへんねんもん。ちょくちょくメールはくれるけど、ワインのことばっかやし。珍しい銘柄のワイン飲んだ報告とか」

「でも、その……一応、そういうんは……はっきりしといた方がよくないですか？」

美奈も納得がいかないといった表情だ。

「なにをどうやってはっきりさせんねんな。まぁ、野村さんにはあとで電話はしてみるけど」

頼子は左手に持った携帯を振って見せる。いっそ野村が踏み込んできてくれたら、頼子は余計なことを考えずに済んで意外とうまくいくかもしれない。

「頼子さん、頼子さんの気持ちを大事にしてくださいね。……流されんように……よく、考えて。その……私……なんかちょっと、心配です」

まるで美奈に脳内を覗かれたみたいでひやりとした。

(美奈かてなにか悩んどるんやろうが。他人の心配しとる場合ちゃうやろ)

沈黙する頼子と美奈の間を遠山の視線がウロウロとさまよう。

「あの、美奈さん、頼子さん、そろそろケーキ切りましょか。明日も早いですし」

遠山が立ち上がって、白い騎士のようにナイフラックから長いケーキナイフを抜いた。

美奈は厨房のカレンダーに目を据えて、指を折り数えた。

忘れている作業はないか。調理台の上に並べた店の予約台帳と仕込みのスケジュールを照らし合わせる。年末年始の休みに向けて、できるだけ食材の過不足なく営業できるよう仕込みをしなければならない。

「二十六日と二十七日はディナーの席が詰まってきてるけど、最後の二十八日はどうやろう、忙しなるんかなぁ。予測できへん」

美奈はすぐ後ろでホロホロ鳥の出汁、フォン・ド・パンタードの真空パック詰めの作業をしている遠山に聞こえるように少し大きめの声を出した。

「どうでしょうね。予約はどれくらい入ってるんですか？」

遠山もやや声を張る。

「今のところディナーはソワニエが二名一組だけ」

美奈は予約台帳を見て答える。ソワニエとは顧客を意味する。

「二十八日ってそこら辺の会社も仕事納めですよね。会社で納会とかして終わりなんかな。兄貴はそない言うてました」

遠山の返事に、プシュッ、シューと食品真空包装機の音が被さる。

「そうなんや。そんな日に会社の人とわざわざフランス料理なんて食べに行かへんかな」

美奈は声を張り上げるのに疲れて遠山の作業台の方を向いた。

動作音が大きいのが少々難だが、この食品真空包装機は液体物も真空パックできる優れものだ。冷蔵保存なら三日しかもたないフォンも冷凍すれば一ヶ月保存が可能になる。真空パック保存は衛生的にも安心で、一度使うと手放せない。

安い機械ではないので最初は岩崎も躊躇したようだが、今は月々二万円ほどのレンタル料金を必要経費としている。二万円といえば、先日美奈が岩崎から渡された寸志と同じ金額だ。こちらはだいぶ渋って出していたようだが。

そこへレストランホールに出ていた頼子が戻ってきた。

「なぁなぁ、美奈ちゃ〜ん、これ誰？」

差し出されたのはオフホワイトの名刺。やけにテンションの高い頼子が前歯を見せてにやつく。

「リヴィエールの平塚さん」

頼子がカードの文字を読むと、美奈は頼子の手からカードを引き抜いた。

「ど、どこでこれを？」

「こないだ美奈に貸したバッグの外ポケットに挟まれてたで」

しまった。財布に入れたつもりで探していたが見当たらなくて、どこかで落としてしまったのかと思っていた。

「リヴィエールの人やし、美奈がもらったんやろ。平塚って人から」

「……平塚？　って誰でしたっけ？　俺、河田シェフとマネージャーの海野さんには名刺もらいましたけど」

遠山が身をのり出して美奈の手の中のカードを見ようとする。

「なるほど、遠山君が知らない間に美奈にだけ名刺が渡されたってことか」

演技下手な探偵みたいに頼子が腕組みをした。

「ほかに誰がおったかな……。大西と……あ、もしかして、あれか、ソムリエの人」

「ソムリエ？」

「はい、ちょっと髪が赤い」

「思い出した、リヴィエールのソムリエって、チャラい感じの男の子やったか」

美奈そっちのけで頼子と遠山が勝手に話をまとめて、「合ってる？」と答え合わせしようとする。

「……そうですよ。そうですけど、そんなおかしな聞き方せんでも」

美奈は平塚の名刺をタブリエのポケットにしまった。

「美奈だけに名刺渡すなんてなんかやらしいやん」

じーっと見つめてくる頼子の顔も十分やらしい。

「俺、まったく知らんかったです。あの人とそんな個人的にコソコソ話しとったなんて。

美奈さん、そんな素振り見せへんかったし」

「そやから、まったくそういうのちゃうねんもん。コソコソやないし。遠山君こそリヴィエールの女の子に騒がれとったたって河田さんが言うてたけど、私は知らんかったで」

「俺は連絡先を交換したりしてません」

「私かて交換なんてしてへんよ」

美奈と遠山が言い合いになって、「遠山君がモテるんは今更やろ」と頼子が割って入った。

「ほんでどないしたん？」

頼子が答えを急かすように聞いてくる。

「なにがですか」

「平塚さんやん。誘われたんやろ？　ほんで、断ったんちゃうの？」

「あ、いえ、その……」

美奈は口ごもった。頼子の言う「誘う」とは平塚のそれは違うものだ。そしてその誘いについて美奈は返事もしていない。

「え？　どういうこと？　断ってへんの？」

頼子と遠山がそろって驚いた顔をした。

「河田シェフのとこのソムリエってどんな顔やったたっけな……かっこいいんやった？」

頼子の推測があらぬ方向へ走っていきそうで、美奈は慌てて打ち明ける。

「平塚さんに誘ってもらったんは、その……そういう意味とはちゃいます。仕事です。独立してバーをやりたいから、そこで料理を作らへんかって」

「それ、河田シェフが美奈さんをほしい言うとったんとは別ってことですか？」

遠山のまっすぐな視線が痛い。

「返事ができひんかったのは、驚き過ぎてタイミングがずれてしもて……。私もそろそろ、この先どうすんのか決めていかなあかん、いうことに気づいたし」

「あああぁ、ええなぁ、美奈にはここやないどっかにこの先があるんやー」

頼子が叫び、短い髪をかきあげその手で頭頂部の髪をぐしゃぐしゃとかいた。

「美奈には誘ってもらえる技術があるんやもんなぁ。岩崎シェフのもとから逃げ出せるんや」

頼子は誰に言うでもなくそう呟いて、その後はしばらく「ええなぁ」を反復した。

「いえ、あのぅ……」

美奈はここから逃げたいというわけではない。

それよりも今は、このチームでふたりと一緒に働きたい。自分がなにを目指して働いていくのかを、美奈はここで知りたいと思っている。そう伝えたら頼子はきっと、ほかにも行ける場所があるのにもったいないと言う。遠山はそれならなんで悩むんですかと聞いてくるだろう。

こんなことになるのなら、「そういう意味」で誘われたことにしておいた方がよかったかもしれない。

十二月二十九日、本日は『レストラン・タブリエ』の年末の大掃除だ。頼子はいつものユニフォームではなくジーンズにカーキ色のトレーナー姿で、足元は黒いスニーカーを履いている。

「遠山君、半分より向こう側にテーブルと椅子を寄せたら、こっちから床掃除始めるから」

美奈は厨房の冷蔵庫掃除が終わりしだい、ホールの床磨きとワックスがけを手伝ってくれることになっている。岩崎はパーテーションの向こう側、会計カウンターで片づけをしていて、大きめの独り言や調子はずれな鼻歌がたまに聞こえてくる。

クリスマスが終わってからもレストラン営業は忙しかった。予約があまり入っていなかった二十八日もランチタイムの席が満席になって、通常メニューの食材がほとんど出てしまった。ディナーはシェフのおすすめメニューしか用意できないことを了承してくれる客のみ受けた。

クリスマスの慌ただしさに鍛えられて、スタッフ皆の動きに無駄がなくなり作業が速くなっている。ある程度の忙しさは難なくこなせるようになっていた。チーム仲が多少バランスを崩していても。

三人でクリスマスを祝ったあの日以来、三人が三人ともなにかに気を遣っているような、なるべく深い話を避けるような空気がある。いつも通りなのは岩崎くらいで、厚手のカットソーとジーンズを着て掃除している美奈に向かって、「お前ほんま乳でかいな」とセクハラ甚だしいことを言った。言われた美奈本人だけでなく、遠山も頼子も無言で流す。

「なんや、お前ら、喧嘩でもしとんかい」

岩崎も微妙な気配にまったく気づいていないわけではなさそうだ。

「ま、仕事に支障が出んかったら、どうでもええけどな」

従業員の心の問題など、この経営者には関係のないことらしいが。

会計カウンターで店の電話が鳴った。ドカッという衝撃音がして、「くそっ」と岩崎が吐き捨てる。慌てて電話を取ろうとしてどこかにぶつかったのだろう。

「はい、レストラン・タブリエでございます」

一転した岩崎の営業用のすかした口ぶりに、頼子は舌を出す。

「本日から一月の四日までお休みをいただきますが……は？　ああ、ええと、平塚様ですね。少しお待ちください」

「平塚」という名前に反応して頼子はテーブルの脚を拭く手を止めた。逆さ向けにした椅子を持ち上げたまま動きを止めたジャージ姿の遠山と視線が合う。

「なんや、うっとおしいのぉ。客ちゃうわ。美奈に男から電話や」

岩崎が文句を言い、遠山の立っている脇を通り抜ける。コードレスの受話器から保留音を漏れさせ、岩崎が厨房に入っていく。

「なんや色気づいてきたと思ったらやっぱり男か。どこで出おうたんやろな」

岩崎は首を傾けるついでにゴキゴキと首を回す。

「こっちは忙しいんや。ほんまに携帯の番号ぐれぇ教えとけよ、どんくさい女やな」

頼子も遠山も話にのってこないのが面白くないのか、岩崎は「なぁっ」と遠山に同意を要求する。遠山は「はぁ」と吐息のような返事をした。


美奈が平塚との通話を終わらせてホールに出てくるまでは五分もかからなかった。受話器をカウンターに返しに行って岩崎にからかわれ、「そういうんとちがいます」と否定している。頼子はソファ席側の床を、遠山が厨房寄りの床を、それぞれ水拭きしながら、パーテーション越しの岩崎と美奈の会話を背中で聞いていた。

岩崎から解放されると美奈も床磨きに合流する。美奈は遠山と頼子の丁度真ん中あたりの床に膝をつけて、雑巾で床を拭き始めた。頼子は床を拭きながら移動して、美奈に近づいて小声で訊く。

「断ったん？」

「はい。まったく知らへん人ですし。これから立ち上げる店を手伝うんは不安です」

美奈が掃除の手を止めずに返事をする。

美奈に惜しがる様子はない。ここで断ったって美奈にはいくらでもまた声がかかるだろう。また「ええなぁ」と言ってしまいそうになって、頼子は固く口を閉じた。

「私は地味やし、思い通りに動かせるように見えたんちゃいますかね」

美奈は四つ這いのまま顔だけ上げて困ったような笑顔を見せる。グラビアアイドルのポージングのようで、襟ぐりから大きな胸の谷間が見えた。

「美奈、あんたほんま立派な胸やな……ええなぁ」

結局頼子は「ええなぁ」と羨ましがってしまった。美奈の向こうで遠山が思い切り振り向いて耳を赤らめていた。

◇◇◇◇

厨房の調理台には本日のまかない、一個三百九十円のコンビニ弁当が四つ並んでいる。

「昼飯や、食え」

岩崎がコンロ前の丸椅子に座る。美奈は自分に一番近いところにあった弁当を引き寄せ、「いただきます」と手を合わせた。

大掃除はレストランホールの床半分までを拭くところまでで一旦中断した。昼ごはんのあとにワックスがけをして、ワックスを乾かしている間に倉庫の片づけ、最後に残り半分の床のワックスをかけて終わる予定だ。

岩崎の弁当の隣には予約台帳と電話の子機がある。年末年始の営業の問い合わせがちょくちょく入るらしい。

「今日も営業したったらよかったか。ディナーで五人いけるかっちゅう問い合わせもあったんや。惜しいことした」

岩崎はそう言って悔しがり、弁当の方へ顔を近づけて海苔ののった白飯をガツガツとかき込む。

「年始の予約を取れるだけ取っとかへんとあかんやろ。今日の電話は大事なんや。美奈に男の電話の取り次ぎさせられたけどな」

口の中の咀嚼物が見えるのも構わず岩崎が喋る。「すみません」と美奈は謝った。

「こいつ、振りよったらしいわ、その男を」

岩崎が顎をしゃくって美奈に向ける。遠山も頼子も弁当に集中しているという態度で、岩崎の話にはあやふやに頷く。

「はんっ、なんや。陰気くさいのぅ、お前ら」

岩崎が衣ばかりの大きいエビフライにかぶりつく。硬そうな口髭についたタルタルソースが岩崎の口の動きに合わせて動いていた。

平塚は岩崎の声を知らなかったようだ。まさかオーナーシェフが電話を取るなんて思わなかったのかもしれない。平塚が働く店のように大きな店ならば、一番にオーナーシェフが電話口に出ることはめったにないだろう。美奈が電話口に出ると、「ホールはソムリエの女性ひとりだと聞いていたから驚いた」と言っていた。

平塚は今日から年末の休みに入っているという。タブリエが大掃除をしていることは知らなかったが、美奈と話せたらと思って電話をくれたようだ。「あの話だけど」そう言われただけで、美奈は辞する旨を伝えた。平塚は美奈の仕事も料理も知らない。自分の料理を運んでくれる人は、自分の料理を信頼していてくれる人がいい。自分も信頼できる人がいい。一緒にやろうと言われて心が引っ張られるような。

考え事をしていたら食べるのが遅くなった。隣の岩崎は食べ終わって爪楊枝で歯の掃除をしている。美奈は慌てて弁当の焼き鮭を食べる。あまりの塩辛さに白いご飯を多めに口に入れた。

岩崎の手元で店の電話が鳴る。

「はい、レストラン・タブリエです」

岩崎は受話器を左手に持ち替えて右手で予約台帳を開く。

「……おう、なんや。河田君か」

気の抜けた声を出し、ページをめくる手を止めた。美奈はご飯と塩鮭の塊を飲み込む。遠山と頼子も弁当から顔を上げた。

「俺が電話に出たら都合悪いんか？　あいにく君んとこみたいにデカい店ちゃうしな。オーナーシェフ自ら電話番や。冗談ちゃうわ。あ？　ああ、来年もよろしく。で？　なんや。用事は。ない？　あ？　美奈？　なんやお前、嫁はんおんのに。……ちゃうんか。前の店の飲み会？　なんでそんな連絡を店の電話にしてくんねん。……美奈の電話番号が変わっとる？　そらお前、かけてくんなっちゅうこっちゃろ」

ガハハと岩崎が膝を叩いて大笑いする。

「おい、美奈、男前シェフの河田君やで。なんや飲み会のお知らせやて」

保留ボタンも押されずに、岩崎から美奈に受話器が渡された。受話器を持って席を外そうとすると、「ここでええやないか」と言われる。「いえ、でも」と美奈は裏口から外へ出ようとした。

「それ、携帯ちゃうで。店の電話や。外行ったら切れるで」

濁声が追いかけてきた。美奈は裏口の扉の前で立ち止まる。仕方なく厨房の中で電話に出た。

「すまん、まさか岩崎シェフが出るとは思わんで」

「いえ」

「手短に言うな。今晩空いてるか？」

「飲み会ですか？」

そういう名目で岩崎から取り次がれているのだ。平塚のときのようにいきなりお断りとはいかない。岩崎も頼子も遠山も聞いている。

「……そう、そうや。俺と、美奈ちゃんだけでやけど」

「お酒、飲めませんよ、私」

「ほな、カフェメニューもあるとこにしよう。そやし……電話番号教えといてくれへんか？」

「ごめんなさい。携帯の番号、暗記していなくて」

店の名前と時間を告げられる。頼子と一緒に行ったことがあるカフェバーだった。

「待ってる」

河田の返事が最後まで聞こえるか聞こえないかのタイミングで電話を切った。美奈は調理台の上に電話の子機を置いて、岩崎の隣の椅子に座り直す。

「河田君、だいぶ追い込まれとるようやな」

岩崎はクックッと肩を揺らし、「引き抜きの話やろ」と美奈を見た。

「嘘はつかんでええ。あいつが手ごろな料理人を探しとるんは知っとんねん。お前に電話かかってきたときにピンときたわ。そうやな、お前は年齢的にも丁度ええわな。キャリアは十分。俺が技術つけたっとんねんぞ。そらあ、まちがいない」

岩崎の細いつり目がぎろりと横から美奈を睨む。

「お前、俺への恩を忘れてうちを辞めるつもりやないやろな。使えへん料理人を一人前にするだけが俺の仕事ちゃうぞ。使えるようになったからこそ、これから俺に恩返しせい」

遠山は弁当を置いて姿勢を正し、頼子も箸を止める。

「今は、辞めるつもりはありません。でも、いつかは……」

「そら、そうや。そんなもん分かっとる」

岩崎が美奈の話の腰を折る。

「俺かて、早う自分の店持ちとうて二十代で無理矢理独立した人間や。若いやつは一定の力つけて、師匠にある程度恩返ししたら巣立って行けばええと思っとる。そやけど、お前のその時期は、まだやっちゅうことや」

「私は……」

「お前は、まだどんな店を持ちたいかも想像できてへん。自信がない」

岩崎が、言いかけた美奈のセリフを奪う。

「そうです。まだこの先、自分がどうするのか……」

美奈は乾いた唇をいったんきつく閉じ、仕切り直した。

「ようやく肉の火入れの感覚とか分かるようになってきて、料理も楽しなってきたとこです。やっと周りが見えてきて、店で働くんはひとりやないんやと今さら気づきました。ずっと、料理は誰が運んだって一緒やと思ってましたけど、ちがうんやって、頼子さんが教えてくれました。指に包帯を巻いているお客さんのお肉を食べやすい大きさにカットしておいてとか、前の年の記録で今日が誕生日だって分かったからデセールに誕生日プレートを用意しておいてとか、お客さんのことをよく見ていて……。お客さんの要望を伝えてくれて、それに応えられたら嬉しそうに報告してくれる。頼子さんのおかげでお客さんの顔も見えてきて、私はただ自分のために、自分が料理の腕を磨くためだけに働いてるわけやないんやって思えるようになってきました。それで、……料理していてよかったなって」

なぜか涙が溢れてきて、弁当の上に落ちた。頼子がポケットティッシュを差し出してくれる。

「遠山君が来てから、シェフに自分の力とか考慮されて育てられてきてたことも知って、人と協力して一緒に仕事することの楽しさも知りました。今、これが終わるんは嫌やなぁって、思います」

岩崎が「はぁ？」と眉間に皺をよせ、「それならここにおったらええやないか」と拍子抜けした声を出した。

美奈は戸惑った。岩崎に言ってもいいのか。

「なんや」

岩崎の目が最大限開かれた。細いなりに。

美奈はおずおずと口を開く。

「私がここに来てから、前に働いてた方はすぐに辞めてしもて、次に入ってきた人たちも坊主の仕事の段階で辞めていって……。私しか残らへんかったから、シェフは私にどんどん仕事もくれたし、お給料も上げてくれました。このまま私がおったら遠山君が困ることになるんやないかと……」

遠山がはっとした顔をした。

「はぁ？　アホか、お前。ほんまちょっと色気出てきたと思ったら、エラそうやな」

岩崎の口調が速くなって、頼子が笑い、「色気は関係ないと思います」とツッコんだ。

「エラそうやろが。それは俺が考えるとこや。遠山やお前の給料やら仕事は。遠山が二十歳そこそこの新人やないことも、センスもまぁまぁええことも十分分かっとる。そら、一年したらそれなりに給料増やしたらなあかんやろうよ。お前らふたりもババアになってきてんねんから、給料上げたらなあかんねやろ？　分かってんねん。分かっとるから、俺かていろいろ考えとんのやんけ」

一気にまくし立てて、岩崎が太った腹を突きだして腕を組む。

「ババア……」

頼子が渋い顔で言った。

「ええか、来年から料理教室の仕事をもう少し増やす。ほいで、これは今まだ構想段階やけど、料理の通販とかしてみたらどないかなと思っとるんや。儲かるんかどうか、よう調べて始めなあかんけどな」

岩崎はそこでひと呼吸置き「お前ら」と、美奈と頼子、遠山をひとりずつ指でさして話を続ける。

「お前らもなにか考ええ。金が儲かる仕事を。俺ひとり頑張ってお前らの給料稼ぐんはおかしいやろうが。てめえらの給料や。増やしたかったらてめえでもっと考えろ。ええな」

指をさされた三人はそれぞれ神妙な面持ちで頷いた。

ワインバー「ミティック」は赤レンガ造りの雑居ビル二階に入っている。スナックやブ

ティックなど殆どのテナントが昨日までで本年度の営業を終えていた。ミティックも通常営業は昨日までで、このワイン勉強会メンバーの忘年会を最後に年末年始の休みに入るそうだ。いつものように観葉植物でソファ席をいくつかのブースに分けるセッティングではなくて、観葉植物は店の壁際に寄せて置かれ、照明も明るくなっている。

頼子は店の大掃除を終えて一度マンションへ帰ってからミティックに来た。ワイン勉強会メンバーに加えてその家族もいるので、店内には小さな子どもも含めて三十人ほどが集まっている。

「頼ちゃん、お疲れ」

「お疲れ様です」

頼子はミティックのオーナーの南の隣に座り、ビアグラスを合わせる。

「俺も五十超えて、一年経つのがますます早なったわ。去年の暮れ、君はタブリエ辞めたい言うてここでベロベロに酔っぱらって、次郎とふたりで朝まで付きおうたわ。あっという間や」

「あはは、そうでした。すみません、反省してます」

頼子はソファに手をついて首を垂れた。肩を叩かれて頭を起こすと、南が目を眇める。

「今年は泣かれても困るで。あいつ、おれへんし」

「次郎さん、まだ熱出てるんです？」

「熱は引いたんちゃうか？　インフルエンザは熱下がってからの方がうつりやすい言うし、

家で大人しくしとるんやろ。頼ちゃん、連絡してやってへんのかいな。……自分弱ったら泣きつくくせに」

南に痛いところをつかれる。しかし、頼子は泣きついているつもりはない。たまたま泣きたいときに次郎によく出くわすだけだ。

「そやかて、二十五日の晩に『よいお年を』ってメール締められましたから」

頼子は拗ねた子供のように言い放つ。次郎は高熱で寝込んでいたらしい。南は口の両端を下げて首を振る。

「お節介は焼くつもりはないけどな、俺は。甘えるんやったら中途半端なんは止めた方がええで、頼ちゃん。頼りたいと思うなら飛び込む勢いで行かんと。あれはいろいろあって自分からはよう動かんし。もともとかけ引きとかするタイプちゃう」

「……大丈夫です、もう泣きついたりせぇへんから。私、タブリエを続けるって決めたんで。今日ね、私もちょっといろいろあって」

頼子はブーツの脚を交差させる。ジーンズの膝に両手を重ね、擦るように動かした。

「いろいろ?」

南はグラスをローテーブルのガラスの天板に置き、右手をソファの肘置きにのせる。

「美奈にふたつも引き抜きの話があって。そのひとつがシェフにばれて」

「ほう」

「私は、美奈もシェフの暴言とか暴力に嫌気がさしとるし、店を辞めたいもんやとばっかり思っていて……」

「ちがったか？」

穏やかに尋ね、南が上体を右へ傾けた姿勢のまま頼子の顔を見上げた。

「ちがいました。……美奈は残りたいんやって。今はまだ、私と遠山君と働きたいんやって言いました。辞めたくて悩んでるんかと思ったら、残りたくて悩んでいたみたいです。……美奈は、私が料理を運ぶことに意味を感じてくれていました。うれしかった……。ほんで、恥ずかしかったです。美奈には料理の技術があって声かけてくれる人がおって、今の状況から逃げ出せるって思って羨ましいとしか考えてへんかったから。こんなに美奈が私のこと思ってくれてること気づかへんで」

涙声になった。

「ダメやなぁ、私は」

頼子はバッグからポケットティッシュを引っ張り出して、鼻先から垂れ落ちる鼻水を寸前のところで拭き取った。泣かないとさっき約束したばかりなのに、それを破っても、南は黙って聞いてくれた。

「美奈は、遠山君のお給料とか技術とかを心配していて……自分が居ることが障害になるんちゃうかって。……ほら、今まで美奈以外の厨房の人、すぐに辞めていってしもたから、美奈はどんどん新しい仕事を与えられたし、給料も安いなりに上げてもらえた。遠山君はセンスのいい人やから、美奈が居なければ美奈以上に速く料理の技術を取得して、給料もそれに見合ったものがもらえるようになるって考えていたみたいです。私なんかよりずっと周りが見えていて、他人のこともちゃんと考えられるんです、美奈は」

厨房で弁当を食べたあのあと、頼子はたまらず美奈を抱きしめた。自分だって、美奈の料理を運ぶことを誇らしいと思っているのに。美奈が引き抜かれることを寂しいと感じるよりも、羨ましいと強く感じてしまったことが申し訳なくて泣けてきた。

「頼子さん、お客さんを呼びましょう。うちら、たぶんできます。自分がどうなりたいんか、逃げへんでもここで見つけられる」

ドクドクと刻まれる規則正しい鼓動が、柔らかな美奈の胸から伝わった。しばらく美奈と抱き合っていたら、遠山が「俺もハグしたいんですけど？」と言い出して、三人で笑った。

向かう道を探すためには、ここでなにか技術を得てから逃げ出すことが第一だと思っていた。それを美奈が覆してくれた。

「そんなに人を羨ましがらんでもええ。頼ちゃんには頼ちゃんのええとこがあるやろ。美奈ちゃんかて、頼ちゃんと一緒やから気づいたことがあったんや。なぁ」

南が頼子の頭を撫でる。

いよいよ涙が本格的に止まらなくなりそうで頼子が必死に鼻をかんでいると、カウンターの方から歓声が上がった。

「うわー、美味しそう」

「南さーん、丸鶏が焼き上がりました」

「南さん、捌いてくださーい」

南が「お、焼けたか」と立ち上がり、

「ほな、デクパージュしよか」

と店内に声を響かせた。きゃーっと歓声が再び沸く。

デクパージュとはホテルのレストランなどで給仕人がお客さんの前で料理を捌いたり切り分けたりすることで、元ホテルマンの南の得意とするサービスだ。

「頼ちゃん、前に教えたったやろ？　丸鳥の捌き方と盛りつけ。今日は二羽焼いとるから、一羽はあとで頼ちゃんが捌いてな」

南が頼子を指さし、カウンターの方へ向かっていった。

(南さん、ありがとう)

涙を拭いて南の後ろ姿を目で追いながら、頼子は「あ」と自分の膝を叩いた。

(そうや、そうや、これナイスアイデアちゃう？)

慌ててショルダーバッグから携帯を引っ張り出してメールを開く。

『美奈、ええこと考えた。お客さん呼ぶ方法。店でパーティーを企画せぇへん？　暇な平日のディナータイムにお客さんを呼ぼう。ワインパーティーとか。鶏一羽丸ごと焼くとか。

それを私がお客さんの前で捌く。デクパージュする。な、ええアイデアやと思わへん?』

家に帰ってからではなく、今すぐ伝えたかった。待っているだけではダメだ。お客を呼ばなければ。チラシも作ってネットも使ってワインパーティー参加者を募ろう。レストラン・タブリエの存在をもっとたくさんの人に知ってもらおう。それがいい、そうしよう。きっと美奈も賛成してくれる。

頼子は立ち上がり、人だかりができているカウンター前に急ぐ。南のデクパージュをしっかり学ぶために。

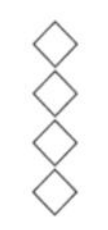

レストラン・タブリエの大掃除が終わったのは夕方六時過ぎだった。

正面シャッターに年末年始の休みのお知らせを書いた紙を貼りつけて、岩崎が「ほな、よいお年を」と簡単な締めの挨拶をして終了だった。

頼子は一旦着替えに帰ってからワイン勉強会のメンバーとの忘年会に行くと言い、美奈も河田との約束の時間まで一時間ほどあったので、頼子と一緒に一度家に帰ることにした。

遠山が「美奈さん。河田さんとこ、ひとりで大丈夫ですか?」と心配そうに聞いてきた。

「ほな、ついてきて」とお願いするのもおかしなことなので、美奈は少し笑ってしまった。

「大丈夫やで。ちゃんと断るし……。ひとりで行ってくる。……ほんなら遠山君、厨房は準備があるから新年四日から出勤やで。よろしく」

美奈は遠山のダウンコートの腕をポンポンと叩いた。週六日、一日およそ十五時間ほど遠山と厨房で働いている。日頃美奈が遠山と過ごす時間は頼子よりも長いくらいだ。明日からの休みはたった五日だが、その間まったく遠山に会わないと思うと少し寂しい気がした。

「……遠山君、よいお年を」

遠山とは『レストラン・タブリエ』の前で分かれた。

河田が指定したカフェバーは、元町駅の山側、繁華街から逸れたところにあって、こんなところに店があるのかと不安になるようなオフィスビルの裏手の袋小路に立っている。ウッドデッキの上の透明なガラス扉で囲まれた席は、気候がよいときには開け放たれてテラス席になる。店の奥は表のテラス席の開放的な雰囲気とは打って変わってシックな内装だ。椅子の背もたれも各テーブル席の間仕切りも高く、個室ではないが隣を気にせず話せそうな席の配置になっている。

河田は約束の時間より早くカフェバーに来ていたようだ。テラス側の席ではなく、奥にある暗めの照明の二人がけの席でビールを飲んでいた。美奈が店員に案内されて席の前まで行くと、河田は、「おお、悪かったな」と右手を上げた。

「ご注文がお決まりでしたら……」と立ち去ろうとする店員に、美奈はコートを脱ぐよりも先に「コーヒーを。温かいの、ひとつお願いします」と注文した。

「酒、飲まへんのか。少しはいけたやろ」

「今は、温かいのが飲みたくて」

「ホットワインとかあるで」

壁際に立てかけてあるメニューを取り上げ、河田が勧める。

「いえ、大丈夫です。コーヒーで」

遠山がなにを心配してくれていたのかが分かった気がして、美奈の口元は思わず緩んだ。

美奈は「足が冷えるから」と言い訳して、脱いだコートを自分の膝にかけてその上にバッグを置いた。コートをかけるハンガーは、河田の後ろの壁にあった。

「後ろ、かけたろか？」

美奈が遠慮したと思ったのか、河田が右手を差し出す。

「いえ、ここでいいです」

美奈は首を横に振った。コーヒーがテーブルに運ばれてきて、河田がオードブルの盛り合わせをひとつ頼んだ。美奈はコーヒーにミルクだけを落として軽くスプーンで混ぜた。

「私、河田さんのお手伝いはできません」

「いきなりやな」

「岩崎シェフも気づいていましたよ。……河田さんが、手ごろな料理人を探しとるって。そやから、……お前にも声かけてきとるんちゃうかって、言われました、私」

河田は少しだけ動揺したように目を泳がせた。

「市場でも、何人かに話をしたんや。出来る人間が二、三人ほしいとな」

「そうですか。よかった」

「よくない。俺は美奈ちゃんに来てほしいんや。真面目やし、一生懸命やし、一緒に仕事がしやすい」

コーヒーソーサーに添えていた美奈の手に河田が手を伸ばしてきた。

「オードブルの盛り合わせです」という店員の声で、河田が手を引っ込める。

「私は前とは……、河田さんが知っている頃とは、ちょっと変わったと思います」

腹が立ったわけではないが、美奈の口調はきつくなった。

「俺はアホやなぁ。なんで美奈ちゃんを選ばへんかったんやろう。……ごめんな。たくさん傷つけて、今さらこんなん言うたらあかんと自分でも分かっとるんや、そやけど」

「いえ、河田さんは、私を選ばへんで正解やったんですよ」

美奈は河田の言い訳を退けた。

「あのとき、私には河田さんにあげられるものはなにもなかったです。河田さんが奥さんから与えてもらったものの、ほんの一部も私にできたことはないと思います」

「美奈ちゃん、俺、本当に悪かったと思っとる。美奈ちゃんのこと、あの頃から……かわいいと思っとったよ」

河田の目が赤く縁どられているのを見て、美奈も目頭が熱くなった。反対に体のほかの部分は冷えていく。

「……ありがとうございます。でも、私、あの頃の自分より、今の自分の方が好きです」

沈黙した瞬間、膝の上のハリスツイードのバッグの中でメールの受信音がした。美奈は手元で携帯電話の画面をチェックすると、メールの受信が二件入っていた。頼子と遠山それぞれ一件ずつだ。

頼子のメールは件名に『ええこと思いついた！』とあった。新年の営業を盛り上げるためのパーティーの企画案だ。なるほど。美奈は拍手しそうになる。来ない客は呼べばいい。そうやって考えていったらいいのか。

そして、遠山のメールは……。

『迎えに来ました』

美奈は弾かれるように顔を上げ高い椅子の背もたれの向こう側を覗く。そこに遠山の姿は、もちろんない。

「河田さん、私、帰ります」

携帯をバッグに戻すついでに財布を出して、千円札をテーブルに置く。それを見て河田が慌てふためいて立ち上がる。

「いや、まだ話が、ちょっ、待ってくれ」

河田が動転している間に、美奈はコートの袖に腕を通した。河田に背を向ける前に、美奈はふと思い出して足を止める。

「赤ちゃん、いつ産まれる予定ですか」

「あ、ああ、五月や……。知ってたんか」

「五月……いい季節ですね。今は寒いから、大事にしてあげてくださいね、奥さん」

テーブルに手をついて呆気にとられている河田を置いて、美奈は店を飛び出した。

走って店の前に出たら、ダウンコートを着た遠山が自転車に乗って待っていた。

「お迎えに上がりました」

「なんで」

「河田シェフにほだされたりせぇへんかと思いまして」

「信用してへんな」

自転車の荷台を遠山がぽんぽんと軽く叩き、美奈はそこに座った。

7章　レストラン・タブリエの幸せマリアージュ

野村の手は乾燥してかさついていた。頼子の手を引く力も強すぎる。駅までの道をショートカットするために通りかかった公園で、頼子は野村の手を振り払うようにして離した。

「野村さん、ちょっと痛いです」

「あ、ごめんね、俺、うれしくて、つい」

微かな不快感を覚えたけれど、「うれしくて」と言われれば忘れられる程度のものだ。自分を求めてもらえるのは幸せなことだと思う。

つい数時間前に野村は頼子の恋人になった。おしゃれなイタリアンの店で「付き合ってほしい」と言われ、頼子は頷いた。

野村の容姿に特に嫌いなところはない。清潔だし、おしゃれだ。今日着ている少し光沢のあるグレースーツも上質そうで、大胆な色遣いに見えるオレンジ色のネクタイもしっくりしていた。それに合わせて眼鏡のフレームにも赤いラインが入っている。頼子も今日は身支度に気を遣い、カシミヤのコートを着てきた。

野村は多少ワインのうんちくがうるさいが、それは頼子の仕事に役に立つことでもあるので、許せるようになるだろう。

　頼子は野村に手を取られて再び公園を歩き始めた。野村は先ほどの店で飲んだイタリアのワインの話をし始める。

「今日のワインはなかなかよかったね。あんまりブドウの出来がいい年じゃなかったような気がして、どうかなって正直思っていたんだけど、トスカーナのワインって面白いよね。醸造家が個性を出し合ってそれぞれ自由に最高なワインを作ろうとしていて……」

　イタリアには格付けを気にせず、テーブルワインクラスで自由に作られた高級ワインがたくさんある。特にトスカーナ地方で作られたそれらのワインは「スーパートスカーナ」と呼ばれて人気がある。

「俺、サンジョベーゼにメルローが入ってるのが好きで……ほら、まろやかさが加わるでしょう?」

　サンジョベーゼもメルローもブドウ品種だ。野村はワインの話をすると本当に口が滑らかになる。

「今度さ、うちにワイン飲みにおいでよ。そろそろ飲み頃なのがいくつかあってね……」

　ワインの話ではなくて野村の話が聞きたかった。これから付き合っていくのだから、いろんなことが知りたいと思うのに。これだけワインの話ばかりしていたら女の子は退屈になるだろう。転勤ばかりで恋愛が続かないと野村がこぼしたことがあったが、それだけが理由ではなさそうだ。凝り性な人だからワインに出会う前はまったく違うものを追いかけていたのではないか。野村は趣味の話ができる相手がほしいだけなのかもしれないと思ってしまう。

頼子は野村の話を聞くばかりで、自分から話すことなく駅に着いた。

「今日はありがとう。頼子さん……。あ……頼子って呼んでいいかな？　また電話するよ、頼子」

「はい、あ……でも、仕事がちょっと忙しくて、あんまりゆっくり会えないかもしれません……。店でワインパーティー企画しようと思っていて、その準備とかで」

「ワインパーティー？」

思ってもみないところで野村が目を輝かせたので、頼子は手を左右に大きく振った。

「いえいえ、野村さんが飲むようなワインやないですよ。ワインの知識とか要らへん、わいわい楽しく飲めたらええなっていう、簡単なやつです」

「そうなのか、残念。でも、定休日前なら、会ってくれる？」

「そうですね……。それなら」

見送ってくれる野村の姿が見えている間はゆっくり歩いた。見えなくなった途端に、ホームへと続くエスカレーターを駆け上がる。自分で選んだことなのにどこかまちがってしまったような、逃げ出したいような思いが既にある。

頼子は野村に告白されれば受けることを決めていた。誰かに必要とされている安心感がほしかった。それなのに、野村と付き合うことを決めた瞬間から頼子の心は戸惑っている。こんなにときめかない恋の始まりがあるだろうかと疑い、もう大人なのだからそんなに浮ついた恋愛などできないとあきらめに似た気持ちも生まれた。

野村は感じていないのだろうか。頼子との温度差を。

ひざ丈スカートの足元から電車の座席のヒーターの熱がじんわりと伝わってくる。頼子は寝た振りをしてうなだれる。

◇◇◇◇

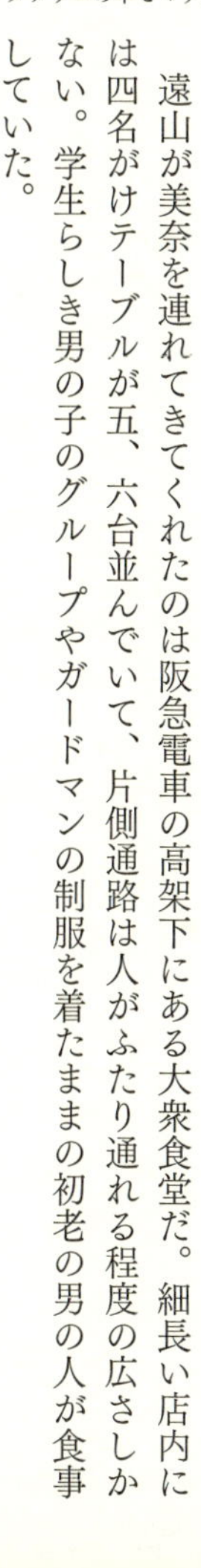

遠山が美奈を連れてきてくれたのは阪急電車の高架下にある大衆食堂だ。細長い店内には四名がけテーブルが五、六台並んでいて、片側通路は人がふたり通れる程度の広さしかない。学生らしき男の子のグループやガードマンの制服を着たままの初老の男の人が食事していた。

食券もなく、できあがって並んでいる料理を棚から取ってお金を払うシステムだった。サバの煮つけ百五十円、たまご炒め百三十五円、ちょっと贅沢カツ三百円、ニラレバ炒め百八十円……。二十種類くらいの料理があって、どの皿も安くて量が多い。

「冷めてるんは自分で電子レンジで温めるんです」

遠山が慣れた手つきでカウンターの隅の電子レンジに入れる。ニラレバ炒めや焼き鳥の盛り合わせなどふたりで五皿ほど選んでトレイにのせて、千円ちょっとだった。

カウンターに一番近い席にトレイを置き、「美奈さん、待っててください」と遠山がもう一度カウンターに戻る。美奈は丸椅子に腰かけて安物の薄いダウンコートを脱いだ。コートかけなどという気の利いたものはない。かけるようなコートでもないので、逆に安心してジーンズの膝にコートを広げる。遠山はウォーターサーバーの上からコップをひとつ取って水を注ぎ、冷蔵庫から冷えたビアジョッキをひとつ出した。

「美奈さんはビール飲まへんでしょ？」

「うん、要らへん」

「ほな、一個」と独り言を言って、遠山がステンレスの機械にビアジョッキをセットする。コインを入れてスイッチを押すとジョッキが傾いてクリーム色の泡が注がれる。しばらくするとジョッキはまっすぐに立てられ黄金色のビールで満たされた。

「ビール、セルフサービスなんや」

「すごいでしょう」

遠山はまるで自分のものみたいに自慢気だ。

水の入ったコップとビアジョッキを運んで、遠山も美奈の向かいの席に座る。「お疲れ様です」とビアジョッキを差し出されたので美奈はコップを合わせた。

タブリエは明日五日から新年の営業スタートだ。今日は厨房の仕込みだけの出勤なので、仕事終わりにこうして遠山と夕飯を食べに来た。頼子も誘ったら、野村との約束があると断られた。

「頼子さん、お店で立食のワインセルフサービスのパーティーにしたいねんて。そやからビールはなし」

美奈は箸のケースから割り箸を二膳取り、大盛りと並盛のご飯茶碗に置く。

「俺もビールは出したらあかんと思います。ワインとフランス料理を楽しむパーティーってことで。あんまりラフになり過ぎるんもよくないし」

「そやね。頼子さんもそう思ってはる。あくまでフレンチのレストラン・タブリエの存在を知ってもらいたいって」

「普通に食事に来てくれるお客さんを増やさなあきませんもんね」

眉間に皺を寄せて遠山が割り箸を割る。

「頼子さんとパーティーの話したかったんやけど、実家から帰るなり野村さんと出かけてまうんやもん」

美奈はほんわりと湯気の上がる大根を取ってふぅっと軽く冷ましてから、口に入れた。丁度よい温さの大根と、よくしみた甘い出汁が美奈の舌に馴染む。

「美奈さんは頼子さんが野村さんと付き合うんは反対なんですか」

遠山も大根を頬張る。

「野村さんはあかん」美奈は言い切る。

「なんでです？　そんなんは頼子さん本人が決めることですやん」

「そやから、本人にあかんとは言うてないやん。けど、あかんねん。頼子さんはただ好きやと言うてもらいたいだけや。誰かに必要やと言われたらあの人は頑張るねん。そう言われ続けたいと思って、無理してても頑張るねん。頼ってもらえるように」

「それ、あかんことですか？　俺にはよう分からん」

「頼子さんは自分でも姉御肌やと思い込んではる。本当は甘えたやのに、見た目のカッコよさに中身を合わせようとして無理してんねん。あの人の中身はかっこいいことないねん。かわいいねん。かわいい人やねん」

美奈は焼き鳥の盛り合わせの皿からネギマの串を取って振る。

「分かりましたって。そない力説せんでも。美奈さんが頼子さん好きなんはよう知ってます」

「……野村さんは頼子さんのかっこいいとこしか知らんやん？　頼子さんはワインが好きやけどワインマニアやない。楽しく飲む方法は知ってるけど、難しく語るんは苦手や。野村さんは頼子さんを追い詰めるようになる」

「はー、そうかも」

遠山が納得する。

「頼子さんは野村さんの話をしたがらへん。楽しそうやないし、好きいう気持ち伝わってこおへん」

美奈はネギマの串の一番上の鶏肉を口にした。口の端についてしまったタレをこっそり親指で拭き取る。

（アホな選択をしなければええけど）

美奈は頼子の身を案じた。

「なるほど。げふぅっ、お前にしちゃあ、まぁまぁ考えたやないか、げぷっ」

岩崎が頼子のパーティープランのメモを見てゲップ交じりに言った。

会計カウンターの上にはコンビニの唐揚げの油がしみた包み紙とインスタントラーメンのカップがのっている。

「会費はどれくらいで考えとんねん」

岩崎の細い目が訊いてくる。

「込み込み五千円で。キリがいいと支払いがしやすいと思いますので」

頼子は決定事項のようにきっぱりと言った。それ以上の金額になるとおそらく客が集まりにくくなる。

「……カツカツやな。儲かるんか」岩崎が口髭を撫でる。

「分かりません。このパーティーではそれほど大きな利益が出ないかもしれないですけど、この界隈の会社の方に店を知ってもらって、来てもらいたいんです。大通りから中に入っちゃっていますし、店の存在を知らない人も多いと思うんです。チラシも刷って撒きます。そうしてこうしたパーティーを一ヶ月おきに開催して、参加してくれた人にはランチのデザート一回無料券を配ったらどうかと考えてます。平日サービスランチにデザートがつけば、会社の仲間を連れてきてくれるんやないかと。そこから会社帰りにディナーという人が来てくれれば……」

「そないうまくいくか。……まぁええ。どうせこの予約状況やし、暇や。来月頭にでもやってみろ。美奈にメニュー考えさせえ。原価率考えるように言えよ。ワインは、安くて美味いの入れてもらえ……。いうても、お前、スカした兄ちゃんと付き合いだしたし、酒屋の次男に色仕かけでけへんようになったな」

「次郎さんはそんなんとちがいます」

一応野村は店の顧客なので、頼子は岩崎に野村と付き合い始めたことを伝えてあった。

それに次郎に色仕かけなどしたことはない。ただ年末にもらったワインの価格表からいくつかパーティー用のワインをピックアップしてあるので、いずれ相談にのってもらわなければならない。あくまで仕事の相談に。

突然正面玄関の扉が開いて、ヒューと音を立てて冷たい風が入り込んできた。頼子のワインパーティーのメモと唐揚げのゴミが踊るように舞い上がる。

「まいど」

現れたのはビアケースにワインの箱を重ねて運ぶ次郎、ではなく次郎の兄の一夫だ。

「うわー、ドアホ、なにしとんねん、ドア閉めろ。業者は裏口や言うとるやろうが。なんで正面から入っとんねん」

岩崎ががなる。頼子は床に飛んだメモとゴミを追いかけて拾う。

「すんませーん。そやけど今クローズタイムでしょ？　俺デブなんで、あっち狭くて無理っすわ。岩崎シェフはあの通路通れますの？」

一夫は荷物をエントランスの石の床の上に置いた。この寒いのに一夫の顔には玉のような汗が吹き出していて、一夫は首に下げたタオルでそれをゴシゴシ拭いた。

頼子は次郎に新年の挨拶のメールを送っていた。その返信には、数日の間遠くの店の配達に次郎がひとりで行かなければならなくなったので、『レストラン・タブリエ』の配達は別の人が行くことになると書いてあった。だから一夫が来たことで、本当にしばらく次郎に会わずに済むのだと知って頼子はそっと胸を撫で下ろした。

「なんや、頼コウに男ができて次男が拗ねよったんかと思ったわ」

岩崎がまた余計なひと言を加える。

「え？　頼ちゃん、誰かと付き合い始めたん？　ほんまに？」

「おう、うちの顧客や。スカしたサラリーマンやで」

岩崎がペラペラと答え、一夫は「へぇ」と小さな声を漏らした。それから急に思い出したように頼子に目を向け、「それ、次郎はまだ知らんの？」と訊いてきた。

体型はまったくちがうが、一夫と次郎はやはり兄弟で、優しい目元がそっくりだ。頼子は伏し目で頷いた。

　これで一夫から次郎に伝わる。これでいいと頼子は思った。別に頼子が誰と付き合おうが次郎には関係ないだろうけど、次郎になんと伝えたらよいか分からなかったから。

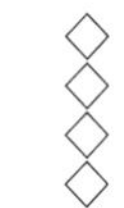

　ワインパーティーのメニューを考えるため、ディナー営業後に美奈と頼子は遠山をマンションへ誘った。

　美奈は自分の部屋のラグの上に足を崩して座り、ローテーブルに広げたノートにボールペンを転がした。開け放している扉の向こう、キッチンの二人がけテーブルで頼子が険しい顔をしてパソコン画面に見入っている。頼子は二月に開催が決定したワインパーティーのチラシ作りをしている。

　美奈の向かい、ローテーブルを挟んで座る遠山が、ラグの上に積まれたフランス料理の本を一冊取り上げて開く。

「岩崎シェフはほとんどの料理知ってるんですかね」

「全部知ってるわけやないと思うけど、レシピみてアレンジさせて完成させるんちゃうかな。なんとか風って感じにぼかして」

　美奈も別の本を取ってローテーブルのノートの隣に置き、ブルゴーニュ地方のページを開いた。

頼子はワインパーティーを複数回計画しており、ブルゴーニュ、ボルドー、ロワールなど、毎回ひとつのフランスのワイン産地に絞ってその地方のワインと料理を用意することに決めた。第一回目はブルゴーニュだ。

「頼子さん、鶏の料理以外でなにか希望ありますか？」

美奈は正面の遠山から体をずらして、キッチンの頼子に問う。

「うーん、ブルゴーニュというと、ディジョンマスタードとか……あと、ブフ・ブルギニョン……」

「鶏のロティはフランス全体でポピュラーな料理やと思うんで、それをディジョンマスタードソースにしようと思います」

そう答えて、『鶏＝マスタード』と美奈はノートに書き留める。

「あとエスカルゴとかもありますよね」遠山が開いた本の写真を指さす。

エスカルゴは食用カタツムリ。エスカルゴバターと言えば魚介の料理でよく使われるバターにエシャロットとパセリ、ニンニクなどを入れたもので、本来ブルゴーニュ地方でエスカルゴにつけて食べるソースだ。

「ええかも。そういう変わったの入れといたら興味引ける」

頼子がノートパソコンの画面を倒して視界を開ける。美奈はノートに『エスカルゴの仕入れ値調べる』と書きつけた。

「普段使わへん食材に触れるん、わくわくしますね」

遠山のように若い料理人が新しい食材に興奮するのはいいなと思う。美奈もまだ知らないフランスの郷土料理に出会えるのが楽しみだ。頼子の企画は関わる全ての人に有意義なものになるはずだ。

「一回目に来たお客さんが二回目も来たいと思うようにしたいですね」

遠山が言って、美奈も頼子も首を縦に振る。

「なぁ、美奈。明日の朝八時半頃から二十分くらい、仕込みの合間に遠山君をちょっと借りてもええ？　加納町の交差点まで行って、ショップカードにワンドリンク無料チケットつけて配ろうと思うねん。遠山君は男前やし、ＯＬのお姉さんが釣れるやろ。ひと肌脱いでもらおうかと」

「脱ぎますか」と遠山が白い歯を見せ、「暇すぎますもんね、チケットでも配らんと。せっかく美味い料理があるのに、お客がいてへん」と真剣な顔で顎に手をやる。

午後九時三十分。こんな時間に三人とも家にいるのは、ディナータイムの営業がノーゲストに終わったからだ。開店休業の状態で、ラストオーダーの九時を待たずに岩崎が店のエントランスの照明を落とした。明日からの予約状況も芳しくない。

「とりあえず明日はワインのピックアップして……。あ、美奈、私明日の晩ここにおれへんからよろしく。野村さんがええワイン飲ませてくれるねんて」

「野村さんとこに……泊まるってことですか？」

美奈はローテーブルから身をのり出して中腰になっていた。

「その、……もう？」

言いづらくて、美奈の顔は熱くなった。

「もう、って……。そうやな、私、もうええ大人やし。付き合って二回目のデートで泊まるんは、まだ早いんかな」

「は、早いでしょ」

「美奈ぁ、私には恋愛のプロセスとか分からへんわ」

頼子がとぼけたような言い方をする。美奈にも分からない。遠山の方を見るのもためらわれて下を向く。

「……頼子さん、頼子さんは、ほんまに野村さんが好きなん？」

聞きにくくて喉にひっかかっていたことが、尖った言葉となって美奈の口をついて出てきた。

「好きというか、……好きと言うてくれるし、好きになるんやと思う」

「思う……」頼子の物言いの心許なさに美奈は言葉を失う。

「気持ちが曖昧でも体を合わせてみたら分かることもあるやろ。そっから始まる人もおるし。付きおうてなくても、そういうことあるやん」

頼子は美奈から目を逸らし、ノートパソコンを畳んで立ち上がった。「付きおうてなくても」は美奈に対する嫌味だ。遠山は美奈と頼子の間で戸惑っている。

「頼子さんは自分のことも分からへんようになっとるくせに……。そんなんで野村さんとこに行っていいんですか？」

美奈の目に溜まった涙がレンズのようになって、頼子の横顔の輪郭を濃くする。

「ええから、私のことは、ほっといて。もう寝るわ」

頼子の声はキッチンの扉がバタンと閉められる激しい音と重なった。瞬きで涙のレンズが弾けて、美奈の視界が一遍にぼやけた。そこから堰を切ったようにとめどなく涙の粒が浮かんでは落ちる。

「頼子さんのアホ」

ベッドの上のティッシュボックスを引き寄せて、ザッザッとティッシュを二枚取った。涙を拭くついでにブゥッと思い切り鼻をかみ、美奈はおもむろにいつも使っているトートバッグの中から携帯電話と財布を取り出す。「どうしたんです？」遠山が声をかけてくる。

「もらってたはずや、たしか」

美奈は遠山に答えるでもなく独り言を言って、財布の中からいくつかのショップカードを引き出す。その中の一枚、赤レンガ模様のカードを探し当て、携帯電話に番号を入力する。

美奈が手にしているカードを見て遠山にも分かったようだ。美奈が何をしようとしているのか。遠山が励ますように美奈の肩を叩いた。

◆◆◆◆

野村が乗ってきたのは白いマツダデミオだった。野村は仕事が終わってから一度家に帰っていたのでスーツ姿ではなかった。オフホワイトのセーターからクリーム色と青のチェックのシャツの襟と袖口が覗く。

「ごめんね、営業でも使っているからすごいありきたりな車なんだけど」

「いえ、営業に使うということは、会社の車ですか？」

「ううん、俺の。借り上げっていって私用車を仕事にも使う方法でね。ガソリン代とかいろいろ出してもらえるんだけど、選べる車種とか色とかも決まっていてさ」

「へぇ、そうなんや。……車種、どんなんやったらあかんのやろ」

頼子は会社勤めをしたことがないのでそういう話は新鮮だ。

「デザインが派手なのはダメで、色は白か銀。なるべく平凡にって……。はぁあ、仕事の話はやめよう、つまんないでしょ？」

「つまんなくないですよ、全然。もっと聞きたい」

営業とはどんな仕事なのか。ドラマや小説でなんとなくイメージはできるが、実際はどんな感じなのだろう。

「えー、楽しくないよ、そんなの。そんなことより、今日は頼子に俺の自慢のワイン部屋を見てほしいんだよ」

それは頼子にとって仕事の分野だ。知りたいと思う話を閉じられ、頼子は相槌する人形みたいに野村の隣に座っているしかなくなった。野村と話すたび頼子の後悔の念は強くなる。どうして野村を選んだのだろう。誰にも抱きしめてもらえなくたって、ひとりで頑張れていたのに。

寂しさはセーターにできたほころびのようだ。できた穴を修復しようとしてもセーターの毛糸と同じ色の糸がなかなか見つけられない。ありあわせの糸で繕えばかえってその穴を目立たせ、放っておけばほころびは大きくなってしまう。

人に必要とされている美奈。頼子にとっても美奈は心のよりどころだった。美奈と一緒に頑張っていきたいからこそ、自分も誰かに必要とされたかった。

自分のことも分かれへんくせになんて、偉そうに言うな。

（わかってるわ）

頼子は心のなかでうそぶいて、車の外を逃げるようにすぎる夜の景色をみる。たった駅三つ分の距離なのに、二度と帰れないような遠くへ連れていかれてしまうみたいだ。

「結婚したいなぁ。結婚したら、頼子にワインの管理してもらって……」

上の空で聞いていた野村の話が、適当には流せないものになっている。頼子はシートの背もたれから背中を起こして凍りついたように動けなくなった。脂汗がじわじわと湧き出る。

「だから、結婚を前提に付き合ってほしいんだ」

車が住宅街の中にあるマンションの駐車場に止められ、野村に「どうかな？」と顔を覗き込まれる。

「あの、まだ、その、私はそこまでは……」

愛想笑いで顔が引きつる。野村が残念そうに顔を曇らせた。自分はなんてひどい女だろう。こういうはっきりしない女は大嫌いだったはずなのに、頼子が今それになっている。

「ゆっくり考えてよって言いたいとこだけど、なるべく早く返事をしてほしいな。俺、転勤族だから、いつ異動を言われるか分かんないしさ。……とりあえず、今日は俺のワイン部屋を見て。結構お宝も眠っているよ。約束していたワインもあるし、ワインに合わせたチーズもあるよ」

野村はわざとらしいほどに元気にまくし立てて車を降り、助手席側の扉を開けてくれた。

今すぐ帰りたいと思っているのに握られた手を振りはらえなくて、頼子は野村に連れられて鉄のフレームが錆びたマンションの門をくぐる。

◇◇◇◇

頼子が朝出勤してきたときから、頼子のバッグがいつもより大きめなことに美奈は気づいていた。必要最低限の着替えと化粧品などが入っていると思われる。つまり、頼子は昨日言っていた通り野村の部屋に泊まるつもりだ。

頼子とは昨日のあの一件から話をしていない。お互いなるべく視線がぶつからないように目を背けていた。歩み寄ろうにも、頼子が野村との関係を急いで推し進めようとするなら、また昨日の二の舞になる。これ以上頼子を意固地にさせるのは避けなければならない。頼子に踏みとどまらせるための次なる計画が台無しになる。

その日のディナータイムは三組計七名の来客があり、暇ながらも昨日のようなノーゲストという最悪の状態は免れた。最後の客が帰ったのが九時二十五分。頼子がホールの、美奈と遠山が厨房の片づけを終えたのが丁度十時だった。メールでやり取りしていたのか、野村はぴったりの時間に頼子を車で迎えに来た。

頼子はグレーのロングコートを着て首元にはボリュームたっぷりのブルーのマフラーをまいている。足元は黒のワイドパンツにヒールの高めのハーフブーツ。

「お疲れ様です」

美奈は一度だけ顔を上げて頼子を見た。

洗浄機の片づけをしている遠山も頼子に挨拶をする。頼子は美奈と遠山の方を振り返らずに、「お疲れ。お先に」と言って手を振った。裏口のドアが無愛想に閉められる。

頼子が店に来たばかりの頃を思い出した。仕事終わりはこんな風に素っ気なく分かれていた。年が近いのになにを話したらいいのか話題も見つけられず、美奈には頼子がちがう世界に住む人のような気がしていた。頼子に話しかけられたら緊張して、強張った笑顔を返すことしかできなかった。きっと自分のことなんて、ダサいやつだとバカにしているのだろうと思っていた。実際、一緒に暮らし始めてからはっきり言われた。「どんくさい人やと思っていた」と。

　頼子は自分のことをよく話す。ひとつの出来事について、自分の思ったことをああだこうだと言いながら、「なぁ、美奈どう思う?」と聞いてくる。笑い話も腹が立った話もくだらない話も、表情を変えて身振りもつけて忙しく。

　そのくせ頼子はあまり恋の話はしない。見た目が派手なため恋愛に積極的なように見えるが、実は意外と弱腰だ。しかし、美奈は分かっている。頼子の口からよく出てくる名前で、頼子が誰のことを想っているのか。無駄に一緒に暮らしているわけではない。頼子は美奈の同僚であり、同居人であり、友人だ。これまでなるべく人と親しくなり過ぎないように気をつけていたのに、ひとりで三役も持っている近しい人を作ってしまった。放っておけるわけがない。

「さぁ、うちらも行こか」

　美奈は白いタブリエを緩める。

　外壁と同じ赤レンガの外階段を足早に上がる。

「美奈さん、そんな慌てんでも大丈夫ですって」

階段の上り口で遠山が叫び、頼子の一大事だというのに特に急ぎもせずに階段を上がってくる。落ち着かない美奈は、引いて開ける木製のドアを焦って押してしまった。遠山はそれを見てくすくす笑い、美奈の後ろから手を伸ばしてそのドアを引き、美奈に先に入るように手で合図した。

ドアベルが音を立てる。

いくつかのソファ席とパーテーション代わりの観葉植物の奥、カウンターの向こうでスキンヘッドの南が美奈の方を向いて頷いてみせた。頼子がいつも南のことを絵本の世界のハンプティダンプティに似ていると言っているが、本当にその通りだと思う。薄暗い店内に幻想的に浮かぶオレンジ色の光のカウンターに立つ南は、物語のキャラクターのようだ。

様々な形のライトが店内のアンティークソファの席をポツポツと照らしていて、カウンターの明かりはその小さな明かりの親のように見える。美奈はソファ席を流し目に見て、カウンター目指して進む。店内にお客さんの姿があちこちにあって、話し声や笑い声でざわついている。

頼子とここへ来るとき、美奈はいつもソファ席に座るので店の一番奥にあるカウンターまで行くのは初めてだった。七つ並んだカウンター椅子の真ん中の席に、飲料メーカーのロゴが入ったトレーナーの背中がある。背中の主が振り向いて、ゆっくり美奈と遠山の顔を見る。

「おお、久しぶりやな」

次郎が挨拶をしてきた。

襟足の髪が丸首トレーナーの襟ぐりに当たって跳ねるほど、次郎の髪が伸びている。散髪に行かないことをよく頼子に諌められていた。次郎の伸びた髪の長さが、長い間ふたりが会っていないことを証明しているようだ。次郎は髭も剃っていなくて、もみあげから顎の髭が繋がっている。服装にもう少し気を遣ったら、逆に頭部のこの無造作な感じもお洒落にみえるかもしれないが。

「お久しぶりで……」美奈は言いかけて、次郎が手にしたグラスの発泡性のある飲み物を凝視した。

「大丈夫や、ジンジャーエール。仰せの通り飲ませてへんで。安心し」

南がカウンターの中から言う。

「まぁ、座り、ふたりとも」

次郎の隣の席を勧められて、美奈と遠山は並んでカウンターに座った。「とりあえず君らもジンジャーエールでええか」と聞かれ、遠山が苦笑いで「お願いします」と答える。

「で、ご乱心の姫は出かけたか？」

南は大きく割った氷が入ったジンジャーエールのグラスを美奈と遠山の前に出した。

美奈は遠山と目を合わせてから、「はい」と頷く。

昨夜頼子と喧嘩したあと、美奈はワインバー「ミティック」に電話した。次郎が来たら酒を飲ませないでと南にお願いしたのだ。

「次郎さん、私と一緒に頼子さんを迎えに行ってください。急いで」

美奈は説明もなくそう言って次郎を見る。遠山が「美奈さんいきなりそれは……」と難しい顔をした。美奈は次郎から目を離さなかった。

「ちょっと待って、美奈ちゃん。頼ちゃんは彼氏んとこに行ったんやろ？　なんで迎えに行くねん」

「まちがっとるから、頼子さんは」

「美奈さん、ちゃんと次郎さんの気持ちを聞いてからやないと……」

遠山が口を挟む。

美奈としては一刻も早く頼子を連れ戻したいのに。

「頼ちゃんが選んだ相手やで、美奈ちゃん。まちがってるって決めたらあかんやろ」

次郎はカウンターに両肘をついて腕を組み、美奈の顔を見上げるようにして言う。諭すような次郎の声が優しくて、美奈はますます頼子がまちがっているように感じた。

「分かるんです。頼子さんは自分のことに一番疎い。私には分かる。頼子さんは野村さんなんて好きやないんです」

「ああ、野村さんていうんか」

名前なんてどうでもいいのに。美奈が口を滑らせ、失敗したと思っていたところを次郎は流してくれなかった。

（次郎さんは頼子さんが心配ではないのか。こんなにゆったりしていられるなんて）

次郎が頼子を大切に思っているなんて、単純で子どもっぽい美奈の思い込みだったのかもしれない。美奈は突然自信がなくなった。当たり前だと思っていたことの土台がぐらりと揺らぐ。美奈は次郎の気持ちの確認など必要がないと勝手に信じていた。

「ごめんなさい、次郎さん。私、次郎さんが頼子さんのこと好きやとばっかり思ってて」

「好きやで」

次郎があまりに即答したので美奈はぽかんと口を開けて次郎を見返した。

「好きやなぁ、そら、まちがいなく。かわいいなぁ」

ジンジャーエールのグラスをゆすって小さくなった氷を見ながら次郎が歌の歌詞を口ずさむように言う。

「ほな、なんで」と美奈が訊く間もなく次郎が続ける。

「かわいくて、頼られたらなんでもしてやりたいと思うわ。いつからやろ、忘れてしもたけどな。でも気づいたら近くにおって、よう泣いて……。さっきまで泣いとったなぁと思ったらゲラゲラ笑っとる。頼ちゃんは見ててあきへんな。……そやけど、俺、今年三十九になんねんな。頼ちゃんより八つも上やで」

「それがなにか問題ですか？」

「離婚経験もあるし。ただの酒屋の、次男やで。なにもいいとこあらへん。頼ちゃんにはもっといい相手がおると思うねん。今の……野村さん？　サラリーマンやったっけ？　うちの兄ちゃんが岩崎シェフから聞いてきた情報によると、……俺より若いやろ？」

「野村さんの年齢は知りません。野村さんの話、頼子さんしてくれたことないし。でも、次郎さんのことなら聞いてますよ。次郎さんは三十代真ん中よりちょっと上で、まだ加齢臭より汗臭さの方が強かったから安心した、とか」

ブッと吹き出したのは次郎だけではなく、南と遠山もだった。

「うわー、そんなん言うてんのか。気をつけなあかんな……」と次郎がトレーナーの胸の部分を引っ張って臭いを嗅ぐ。

反対側の隣で遠山も同じようにカーディガンの袖に鼻をつけていて、美奈と目が合うと顔を起こして舌を出した。遠山のかわいらしい動作に屈しまいと思うのに、美奈はつい頬を緩めてしまう。

「年齢なんて、そない気になるもんですか？」

遠山がカウンターに身をのり出して次郎に訊く。

「俺は気にせぇへんけど、相手のこと考えるとな」

次郎は眉毛をハの字にして笑った。

「次郎さんはそうやって、頼子さんのために身を引くみたいなこと言いますけど」

そう切り出しておいて、美奈はジンジャーエールで喉を潤し少し乱暴にグラスを置いた。

ドンッという音に次郎も南も遠山もぎょっとした風で、一斉に美奈に注目した。

「野村さんが頼子さんにとってまちがった選択だったとして、頼子さんが傷ついて泣いたら、次郎さんはまた頼子さんを慰めるんですよね。頼ってくれるならいくらでも受け入れたいって思ってるんですよね。……それって、ひどくないですか？　自分よりもっとええ相手がおるとか言うて自分は逃げて。本当は……頼子さんが次郎さんを選んでくれても次郎さんではあかんかったと言われるんが怖いからやないですか？」

美奈は次郎さんを睨む。

「次郎さん、私は頼子さんが好きです。今までろくに友だちなんてできたことはないけど、頼子さんは大事です。そんな私が言うんを信じてみてください。今、頼子さんはまちがった人に飛び込もうとしてます。迎えに行くって言うてやってください。あの人はただ、必要やと言うてほしいんです。そやから次郎さんから踏み出してやってください。……次郎さんより、ずっと頼子さんを理解してる私が言うんです。信じてって言うか……信じんかっ、こらぁ」

巻き舌で怒鳴り、美奈がカウンターを拳で殴る。次郎がカウンターにのせていた肘を浮かせた。

「こんなのろのろしとる暇はないねんっ。ええか？　次郎さんがここで頼子さんのために身を引く言うて、頼子さんが傷ついたら、私は次郎さんを許さへんで。そないなったら、どうなるか、覚えとけよっ」

岩崎の怒りの形相を思い浮かべて、美奈はさらに次郎に凄む。店内に流れていた軽快なジャズが丁度曲の切れ間で、静かになったところに美奈の声が響く。ソファ席のほかの客も一瞬時が止まったようにひっそりとした。

「だてに長い間あの鬼みたいなシェフのもとで働いてへんねん……」

美奈は憑き物がとれたみたいに恥ずかしくなって、最後は蚊の鳴くような声になる。

次郎は、鳩が豆鉄砲を食ったような顔をしていたけれど、すぐに口角を上げて微笑んだ。

背もたれにかけてあったブルゾンを取り上げ、次郎はそのポケットから携帯電話を取り出す。

「ほな、美奈ちゃん、行くで」

美奈は握った拳を見せて椅子から降りる。次郎が美奈の拳に拳を合わせてきた。

頼子は一段高くなっている野村のマンションの敷地から飛び降りるように駆け出し、転がるように坂を下る。ブーツのヒールが高くてよろける。とにかく野村のマンションから離れなければ。頬の肉も小さな胸も、頼子の全身がゆれる。肺だろうか、心臓だろうか、痛いほど苦しい。野村に追いかけられるのを恐れて走った。怖かった。野村も、暗い夜道も。
坂道を登ってくるタクシーの光が見えて頼子は希望を感じ、賃走の赤いライトで泣きそうになった。タクシーと擦れ違い頼子は走るのをやめた。ハァハァと息を切らせ、初めて

後ろを振り返る。通り過ぎた道はいくつかの街灯が作る心細い光以外は闇だった。野村が追ってきている様子はない。

周りを見ると、静かで暗い坂の六甲の住宅街が要塞のようにそびえている。まだ駅からはだいぶ遠そうだ。今が何時なのか、およその時間も分からなかった。野村のワイン部屋にいた時間が同じ次元で過ごした時間なのかどうかさえ疑わしく思う。長かったのか、短かったのか。

気味の悪い部屋だった。壁に固定されたスチールラックにびっしりとワインが詰まった六畳の部屋。ワインに光が当たらないようにオレンジの常夜灯だけが灯されていて、カビ臭い黒い遮光カーテンに覆われていた。

そこに野村が作ったという加湿用の装置があった。スチールラックの高い位置に水槽が置かれていて、そこにカビだらけのタオルの片端が入れられている。タオルの反対の端はハンガーに引っかけて下に垂らしてあり、タオルをつたって水がぽたりぽたりとゆっくり落ちて、床に置いてあるタライに入ったコケだらけのブロックを濡らしている。

そのまわりを見ると、フローリングの床や設置されている木のワイン箱にもカビがちらほらついていた。

「冬は温度より湿度管理が大変なんだ。加湿器は温度の変化も心配だし、水分のなかの石灰が飛ばされてボトルについいちゃうらしくてね。ネットで調べてこういう方法で湿度七十パーセントを保っている人のブログを見つけて、やってみたら割とうまくいってる……」

装置の仕組みや設置の苦労話を散々聞かされた。頼子には薄明りの下の野村がマッドサイエンティストにしか見えなかった。ワインに振動を与えてはいけないと歩き方を注意され、気分が悪くなってふらつき木箱に踵をぶつければ心配もされず小言をいわれた。そのくせ頼子が「帰りたい」と言うと急に抱き寄せようとした。そんな野村を頼子は突き飛ばして逃げ出してきたのだ。

小走りで坂を下る。引きつるように脇腹が痛み始め、頼子は顔をゆがめた。とっくに最終が出たであろうバス停の脇を通りこす。ババババババッ。通常のバイクにしては大きすぎるエンジンの音が近づいてくる。蛇行して走っているのか、複数なのか、ヘッドライトの光がゆらゆらと右へ左へ振れる。怖い。助けて。

その時、革のトートバッグの中で電話が鳴った。

(次郎さんっ)

頼子は夢中で通話ボタンを押す。

「頼ちゃん？　どこにおんの？」

「次郎さんっ、お願い、迎えに来て」

頼子は幼い迷子みたいに泣きじゃくっていた。

次郎が待っているように指定したコンビニは大きな交差点の角にあった。ここまで来ると坂も緩やかになっていて、道幅も広い。向かいの弁当屋はもうシャッターが下りていた。

コンビニの客は頼子だけだった。店員はふたり。「いらっしゃいませ」と声をかけてくれた色白の男性店員は、頼子の顔を二度見直した。こんな深夜に荒い息をした泣き顔の三十女は珍しいか。頼子は首のマフラーをむしるように取った。マフラーもじっとりと汗ばんでいた。

ペットボトルの水を買い物かごに入れる。走りすぎて喉がカラカラで、今すぐにでも開けて飲みたかったけれど我慢して、外が見える雑誌のコーナーに移動する。次郎はどうして野村の家に行っていたことを知っていたのだろうか。

（……そうか、美奈……）

困り顔で笑う美奈が瞼に浮かぶ。

不意に手に持っていた買い物かごが軽くなって顔を上げると、真剣な眼差しの次郎が立っていた。その後ろには美奈がわざとらしく頬を膨らませている。怒っているということだろう。本当に演技力がない。

俯いたら床に涙の粒が落ちた。

「お待たせ、頼ちゃん」

着古した黒いブルゾンに伸びっぱなしの髪、無精髭。夜道で一番会いたくない風貌のその人が、こんなにも頼子を安心させる。買い物籠ひとつ分の距離を空けて向かい合う次郎に、頼子はよたよたと近づく。次郎の袖を掴む。

「ありがとう、次郎さん……。頼ってごめんなさい」

「頼ったらええ。頼ってもらった方がええ」

次郎は頼子の頭をくしゃくしゃと撫でた。

「美奈、ごめん」

上目遣いで見ると、美奈がふくれっ面のままで泣いていた。


「美奈、七時に乾杯してスタートするから、料理第一弾は六時五十分くらいから仕上げてくれる？」

頼子は厨房の壁の時計を見て指示する。

「了解です。そのあと温製料理は、出来しだい出していっていいですか？　鶏はもうオーブンに入れています」

調理台を挟んだ向かいで、美奈が作業する手を止めずに言う。美奈が大皿に並べているのはグジェールというチーズ風味のひと口シューで、ブルゴーニュ地方の料理だ。

「うん、そうやね。料理がたくさんないと満足できへんもんね、ビュッフェは」

頼子の言葉に美奈は無言で頷き、グジェールをひとつ手に取ってふたつに割り、そのふたつの欠片をそれぞれ頼子の口と隣で作業している遠山の口に入れた。頼子はグジェールを咀嚼して、親指を上へ向けた拳を出してみせる。遠山はリヨン風サラダの仕込みの手を休めず「美味い」と言った。

「遠山君は厨房の仕事がひと段落したらホールを手伝って」

頼子は遠山に声をかける。

「分かりました」

「シェフ、着替えたかな。私、ちょっと見てくるわ」

頼子は再度時計に視線を送り、スイングドアを押した。

『レストラン・タブリエ第一回ワインパーティー』まであと三十分というところ。パーティーの料理をお客さんに説明してもらうように岩崎に頼んであったのだが、岩崎のコックコートがあまりにも汚れていたので着替えるようにお願いしてあった。

今日のホールはビュッフェスタイルの用意になっている。カウンターに八種類のブルゴーニュワインを置き、カウンター前の白いクロスをかけた楕円のテーブルに料理をのせる予定だ。窓際のソファ席の前に並べたテーブルには白いクロスをかけただけで、カトラリーのセッティングはしていない。ワインパーティーに参加するのは三十人。通常の満席のときよりも数が多いが、壁一列がソファ席なので、着席で対応できる。

頼子はもう一度ホールを見回すと、自分の頬を両手でパチンと打つ。おしぼりやカトラリー、皿のスタンバイをしているホールアルバイトの女の子ふたりがクスリと笑った。

「気合入れてん」頼子は力こぶを作るようなしぐさをして見せ、「お客さん来はったらコートのお預かりお願いね」と笑顔を向けた。

岩崎はいつもの場所、会計カウンターにいた。頼子がうるさく言ったので、今日は髭を剃ってきている。洗濯したての白いコックコートとタブリエで、いつもより高いコック帽。

「シェフかっこいいですよ、いつもより」

頼子はお世辞を言った。

「ええとこのシェフみたいやろ」

お世辞も嫌味も通用しない岩崎はクロークの鏡を覗いてコック帽をかぶり直す。

「そろそろ客が来るな」「そうですね」と岩崎と頼子が話しているとエントランスに人影が見えて、扉が開いた。

「まいど」

顔を出したのは次郎だ。

「なんや、酒屋、お前は裏から入ってこい」

岩崎が言う。

「シェフ、次郎さんも一応お客さんです」

次郎と頼子は目を合わせて笑う。

「ふんっ、今日はお前もちったぁマシな恰好しとるやないか。頼子にうるさく言われたか?」

「岩崎シェフもですか?」

次郎がニシシと前歯を見せる。次郎の髪は短く刈られていて、髭も整っている。ジャケッ

トは頼子と美奈が一緒にメンズファッションの店に行って買ったものだ。一着は持ってお
いてもらわないと、一緒にフランス料理を食べに行けないので。
「酒屋、どうや、うちのパテは売れとるか」
次郎は酒屋の一角でスタンディングの有料試飲コーナーを始めた。そこで岩崎の作った
豚のパテと野菜のピクルスを扱ってくれている。
「ええ、よく出ますよ。また週末注文出します。ピクルスの方もお願いします」
「なんぼほどや、百本か？　二百本か？」
「いや、すんません、瓶十本で」
「しょっぼい注文やのう」
「すんません。小口客で」
次郎が身を縮める。
「シェフ、そやから、次郎さんも一応お客さん……」
店の売り上げを上げようと、『レストラン・タブリエ』の従業員一同で考えを巡らせて、
新しいことに取り組んでいることを次郎に話した。そうしたら次郎が、岩崎が通販で売ろ
うと試行錯誤している商品を酒屋で扱ってくれると言ってくれた。「飯食いに通って大金
落とすようなことは俺にはできへんけどな」と困ったように笑って。
頼子はパーティーが始まるまでソファに座っているように次郎に言った。次郎の姿が
パーテーションで見えなくなると、岩崎が「なんや、お前、あれと付きおうといたらええ

やないか」と腕を組む。

「前のスカした兄ちゃんよりおうとるわ、お前には」

野村と別れたことはすぐに岩崎に伝えた。岩崎は「もったいないことしたな」とひと言言っただけだった。

あれから野村は来ない。店としてはいい客を失ったことになる。しかし、頼子は野村が頼子に執着しなかったことに安堵した。あのカビ臭いワイン部屋の気味の悪さを思い出すと今でも寒気がする。自分もあそこにしまい込まれてしまったら……。野村の携帯電話の番号は念のため顧客ノートに書き込んだ。頼子の携帯電話には着信拒否設定をして、アドレスからはそっと消した。

「俺の客は俺の料理に惚れた客だけや。お前となんやかんやあって来ぃへんようになった客なんか最初から俺の客やない。あんなもんよりもっとええ客を連れてこい。俺の料理を食いに来た客を満足させろ。その腕がお前にはあるんやろうが」

頼子は迂闊にも泣きそうになってしまった。岩崎節に慰められるようになるとは。

「さぁ、料理を仕上げていくぞ。美奈に鶏の様子を見るように言え」

「はい」

頼子は大股で厨房へ向かった。

厨房には丸々と太った丸鶏のロティ、ローストチキンが三つ、鉄板にのせられていた。

「あれ？　もう焼けたの？」

頼子が訊くと、「いえいえ、まだです」と美奈が首を振る。

「何回かしっかりアロゼしてあと二十分くらいは様子見ながら焼きます」

アロゼとはバターや肉汁を肉にかけること。皮の表面をパリッと仕上げるために必要な作業だ。

遠山が美奈の言葉を小さなノートに書いている。美奈は通常の営業よりも余裕があるので、鶏の焼き方を遠山にじっくりと教えているらしい。美奈は実際にアロゼしてみせて、鶏の鉄板をまたオーブンへ入れた。

「頼子さん、うれしそうですね」

頼子と目が合うと、そう言って美奈の顔がほころぶ。

「うん。楽しみ。どのワインと料理がより美味しくなる組み合わせなのか考えるだけでワクワクする。お客さんも楽しんでくれるとええなぁ」

頼子は自分がとてつもなく幸せな気がした。

「頼子さんはほんまサービスの仕事が好きなんやね」

頼子は目を見開いて美奈を見た。

「……そうなんやろか」

美奈の目も頼子に負けじと大きく見開かれる。

「頼子さん、自分で分かってないん？　……ほんまに、自分のことには疎いんやから……」

腰に手を当てて肘を張り、呆れたように美奈が言う。

「そやかて……」

美奈にそう言われるのは悔しい気もするが、美奈が頼子のことをよく見ていてくれていることは身をもって知らされた。

(そうか、私、この仕事好きなんや)

頼子はタブリエの紐を解きもう一度締め直す。美奈を見れば、同じタイミングでタブリエを締め直しているところだった。

岩崎がスイングドアを押して厨房に飛び込んできた。

「客が集まってきたでっ、用意せい」

「はいっ!」頼子と美奈、遠山が声をそろえる。

頼子はタブリエのポケットにワイン用トーションとソムリエナイフが入っているのを確認して、レストランホールへ出た。

「いらっしゃいませお客様、ようこそレストラン・タブリエへ」

(了)

あとがき

はじまりは一万字の短編小説でした。

ソムリエの頼子と料理人の美奈はそれぞれ別の短編で生まれました。

コンテストで賞をいただき電子書籍出版の機会を得て、私はふたりを主人公に一つの話を書くことにしました。頼子と美奈、どちらにも愛着があってどちらかひとりを主人公に選ぶことが出来なかったのです。

頼子と美奈が同じレストランで働く姿を想像してみると、ふたりの物語は私の中で生き生きと動き出しました。

頼子は黒いエプロン、タブリエを締めて背筋を伸ばしてレストランホールに立っています。白いタブリエの美奈は真剣な眼差しでオーブンに向かっています。

三十歳前後という悩める年ごろの女の子ふたり。明るく行動的な頼子と大人しいけれど芯が強く何事も粘り強く向き合う美奈。正反対のようでどこか似ている部分もあって、一緒に暮らし働く中で癒したり刺激し合ったりしながらふたりは成長していきます。

日々彼女たちのことを考えて物語を紡いでいるうちに、レストラン・タブリエの頼子と美奈の物語は二十一万字の長い話になっていました。こちらは共幻社様から出していただきました電子書籍『恋するタブリエ』という話になっています。

『レストラン・タブリエの幸せマリアージュ』はそれを大きく改稿し改題したものです。頼子と美奈の物語は多くの方に読んでいただける時機に恵まれ、幸せなものになりました。読んでくださった方にほっこりとした温かい気持ちを届けられたらうれしいです。

本を手に取ってくださった皆様、書籍化してくださいましたマイナビ出版社の脇洋子様、表紙を手がけてくださいましたＡＦＴＥＲＧＬＯＷ様とはしゃ様、感謝しきれないほどのご協力をいただきました株式会社共幻社の高橋直哉様、書く時間を与えてくれる家族、本当にありがとうございました。

物語に触れてくださった方と、たくさんの幸せなマリアージュを生み出せますよう願っています。

二〇一七年六月　浜野稚子

この物語はフィクションです。
実在の場所、人物、団体等とは一切関係がありません。
刊行にあたり、共幻文庫『恋するタブリエ』を改題・加筆修正しました。

浜野稚子先生へのファンレターの宛先

〒101-0003　東京都千代田区一ツ橋2-6-3　一ツ橋ビル2F
マイナビ出版　ファン文庫編集部
「浜野稚子先生」係

レストラン・タブリエの幸せマリアージュ
～シャルドネと涙のオマールエビ～

2017年7月20日　初版第1刷発行

著　者　浜野稚子
発行者　滝口直樹
発行所　株式会社マイナビ出版
〒101-0003　東京都千代田区一ツ橋2丁目6番3号　一ツ橋ビル2F
TEL　0480-38-6872（注文専用ダイヤル）
TEL　03-3556-2731（販売部）
TEL　03-3556-2736（編集部）
URL　http://book.mynavi.jp/

イラスト　はしゃ
装　幀　AFTERGLOW
フォーマット　ベイブリッジ・スタジオ
DTP　株式会社エストール
印刷・製本　図書印刷株式会社

 ISBN978-4-8399-6392-7
Printed in Japan

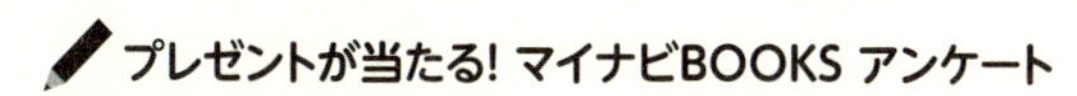

僕はまだ、君の名前を呼んでいない

～ lost your name ～

著者／小野崎まち
イラスト／カスヤナガト

『サムウェア・ノットヒア』に連なる物語。
涙が止まらない喪失と再生の感動作！

ラノベ作家の久太と、マンガ家の漆、久太の母・涼花の
奇妙な同居生活。久太と漆は恋人でも親友でもなく、
彼らを結びつけるのはある事件だった――。